Severine Martens

Mistköter

und

Seelenhunde

Manuela Kinzel Verlag

Inhalt

Seelenhunde – statt eines Vorwortes

Sie wohnen unter Deiner Haut, mitten in Dir drin und einen Zentimeter links vom Herzen. Es ist die Stelle, an der die Seele ihren Mittelpunkt hat und wo alle unsere Tränen und Lachfalten ihr Zuhause haben. Sie sind immer bei Dir, begleiten Dich durch Euer gemeinsames Leben und bleiben auch da, wenn sie schon lange gegangen sind. Sie fangen Dich auf, wenn Du fällst, und sie stützen Dich, wenn Du keine Kraft hast. Da, wo sie sind, ist der Ort, an dem Du Zuhause bist.

Seelenhunde sind der Anker, an dem Dein Leben hängt. Euch verbindet ein unsichtbares Band wie aus Gummi und je weiter Ihr auseinander seid, desto mehr zieht es Euch zurück.

Eure bittersten Tränen verschwinden, wenn sie sich auf Eurem Schoß zu einem Kringel zusammenrollen. Ihre großen Erlebnisse und kleinen Erfolge lassen Euch jedes Mal lachen und die gemeinsame Freude lässt Euch alle Sorgen vergessen. Wenn andere Dinge Stress und Anspannung in Euer Leben gebracht haben, sind sie da und zeigen Euch den Weg nach Hause. Gemeinsame Spaziergänge und Abenteuerreisen sind wie eine frische Brise in der Seele, die Euch alles Vorausgegangene vergessen lässt.

Seelenhunde reparieren Deine Seele und auch Dein Herz, jeden Tag mehrmals und immer wieder. Sie machen es einfach so und ohne jede Mühe.

Sie sind immer da, wenn Du sie brauchst, und sie sind immer dort, wo Du bist. Manchmal sind sie der Grund, warum Du überhaupt noch aus dem Bett aufstehst und oft sind sie der letzte Anlass, doch noch einmal das Haus zu verlassen und vor die Tür zu gehen. Wie viele Leben sie wohl schon auf diese Art und Weise gerettet haben? Sie halten Dich auf Trab und in Bewegung – und sie bringen immer wieder neue Dinge in Dein Leben. Sie sind Deine Tankstelle und die Salbe auf den Narben des Lebens.

Seelenhunde sind ein untrennbarer Teil von Dir und kein Skalpell der Welt kann diese Verbindung trennen.

Sie sind die Pfadfinder, wenn Ihr Euch verlaufen habt, und sie sind die Lotsen, wenn Ihr nicht mehr weiter wisst. Sie nehmen Euch jeden Tag mit in ihre Welt. Sie holen Euch ab und sie bringen Euch jedes Mal heile und unversehrt zurück. Manche sagen, sie könnten zaubern und Wünsche erfüllen, die Worte nicht ausdrücken können. Andere wissen, dass sie Eure Sehnsüchte und Träume erkennen, bevor ihr es selber könnt.

Seelenhunde sind die Liebe und die Wärme in Eurem Herzen. Sie sind die letzte Zuverlässigkeit in der Welt, wenn alles andere Euch verlassen hat.

Sie lieben Euch ohne Ansehen Eurer Person. Ohne Blick auf Eure Herkunft, Euer Aussehen oder Eure Kontoauszüge. Ihnen ist es egal, ob Ihr in einer kleinen Villa mit großem Garten oder in einem Hochhaus im achten Stock wohnt. Ihr braucht einfach nur da sein und Ihr braucht nichts weiter zu machen, als ihre Liebe in Eurem Herzen zuzulassen. Sie öffnen die Tür zur Seele und Ihr braucht nichts weiter zu tun, als sie hereinzulassen.

Seelenhunde sind der Grund, warum Du bist. Und sie sind der Grund, warum Du jeden Tag erneut die Kraft hast, einen Tag mehr zu leben!

Mistköter

Mein Name ist Milow und ich werde meistens Milow H. Lunke genannt. Ich bin eine Mischung aus portugiesischem Podengo und Mistköter, weil ich ein Podengo aus Portugal bin und gerne Mist mache. Wenn mein Frauchen Mistköter sagt, dann bin ich der beste Mistköter der Welt, und das finde ich toll! Mein Frauchen, die ich meistens einfach nur ‚*die*' nenne, ist nicht besonders schlau und sie ist kein Hund. Aber sie gibt sich immer große Mühe und das ist in meinen Augen eine ganze Menge wert.

Ich hatte bisher kein so tolles Leben, jedenfalls wird das von vielen immer wieder behauptet. Ich sehe das etwas anders! Na klar ist es doof, auf der Straße zu leben und nie zu wissen, wann und wo es das nächste Mal etwas zu essen gibt. Das versteht *die* wohl auch – jedenfalls tut *die* immer so und schreibt ja auch andauernd darüber. Das Gute an meinem alten Leben war, dass ich hingehen konnte, wohin ich wollte. Und wenn ich da wieder wegwollte, dann bin ich da eben wieder weg. Und wenn mir was zu blöd oder zu gefährlich wurde, dann bin ich eben abgehauen. Das hat auch immer geklappt – bis auf das eine Mal; da haben sie mich geschnappt, und deshalb bin ich ja jetzt auch hier.

Ich krieg jetzt jeden Abend etwas zu essen und ich kann mir das inzwischen sogar merken und freue mich jedes Mal darauf. Jeden Abend nach der Flitzewiese rückt *die* meine Schüssel raus und ich finde das richtig toll! Aber erstens könnte da nun wirklich etwas mehr drin sein und zweitens könnte *die* das Essen auch gleichmäßiger über den Tag verteilen. Am besten wäre es, wenn ich mir das selber einteilen könnte – aber *die* will ja alles selber bestimmen und einem noch viel mehr vorschreiben! Ich habe mich sogar ein wenig daran gewöhnt, dass ich mir draußen selber nichts besorgen darf. Das ist zwar blöd, aber *die* wird immer sauer und dann werde ich auch sauer! Naja, soll *die* halt denken, dass sie Recht hat – abends gibt es dann ja immer etwas Leckeres. Da kann ich mich wirklich drauf verlassen und das finde ich gut so!

Angeblich bin ich ja auch noch ein Baustellenhund, jedenfalls redete *die* neulich so mit einer anderen. *Die* stand da mit ihrem brennenden Stöckchen in der Gegend rum und hat einfach behauptet, dass sie mit mir andauernd neue Baustellen hätte. *Die* kann einem ja richtig leid tun, wie schwer sie es mit mir hat – angeblich! In Wirklichkeit denkt *die* sich doch immer nur neue Sachen aus, die ich machen soll oder nicht mehr machen darf. Könnt Ihr euch vorstellen, wie lästig das sein kann?

Ich finde ja, dass ich schon richtig viel und toll gelernt habe! Bei meinen letzten Leuten wurde ich festgebunden, wenn die sich zum Essen hingesetzt hatten – naja, waren ja auch nur neun Tage und die hatten echt bloß Angst um ihre Frikadellen. Heute darf ich mit der kleinen Luna neben Frauchen liegen, wenn die beim Essen ist. Das klappt schon richtig toll, findet *die* auch! Und wenn wir draußen spazieren gehen, bin ich schon gar nicht mehr so hinter alten Kaugummis, Brötchentüten und anderem Müll her – meistens jedenfalls. *Die* hat mir einfach mal gezeigt, dass sie immer viel tollere Sachen zum Essen dabei hat, als auf der Straße rumliegen. Die krieg ich aber nur, wenn ich die anderen Sachen liegen lassen. Und ich krieg das auch immer öfter hin, glaube ich jedenfalls. Und weil das mittlerweile alles so toll klappt, brauche ich die „Straßenhäppchen" auch gar nicht mehr zu schnappen. Sachen, die ich von *der* kriege, nimmt *die* mir nämlich nicht wieder weg. Mit dem Essen von der Straße war das anders – das wollte *die* immer selber haben und mir wegnehmen.

Ein Hammer war allerdings, als *die* damit ankam, dass ich zu klein für mein Gewicht sei und ab sofort nur noch Diät zu essen bekommen würde. Angeblich hätte die Tierärztin gemeckert, aber das hätte Frauchen auch ruhig mal aushalten können. Und wer zahlt wieder die Rechnung? Und das mit Diät essen ist auch Käse, denn ich kriege immer noch das Gleiche – es ist einfach nur weniger als vorher. Als wenn ich das nicht merken würde, ich bin doch nicht blöd! Und dann noch dieses Sportprogramm, das die sich für mich ausgedacht haben. Ich hasse dieses Fahrradfahren! Immer so langsam und schnurstracks geradeaus, das finde ich total langweilig. *Die* sagt ja immer, das sei gut für meinen Rücken, und angeblich hätte Frau Doktor das auch gesagt. Alles Quatsch, denn in Wirklichkeit geht es meinem Rücken saugut und er tut beim Toben und Kloppen schon lange nicht mehr so weh. Das ist schon eine ganze Weile so und hat mit dieser blöden Diät und dem Radfahren gar nichts zu tun – bestimmt nichts, da bin ich mir total sicher!

Ehrlich, mir geht es so richtig saugut! Vor allem, seit das Wetter wieder schöner geworden ist und wir viele Neulinge auf der Hundewiese treffen. Ich finde ja, dass diese Wiese mir gehört und dass ich das einigen Jungs auch klipp und klar sagen sollte. Natürlich hat *die* da wieder was dagegen und nervt ohne Ende. Angeblich hätte *die* damit wieder eine neue Baustelle und bla bla bla! Nix darf man hier in diesem Land und vor allem bei der nicht. Da haben andere Hunde bei anderen Leuten es tausendmal besser, aber ich darf ja nichts sagen! Das ist vielleicht auch besser so, bevor hier jemand denkt, dass es mir schlecht geht.

Ich bin ein portugiesischer Podengo mit Mistköter drin. Ich lebte in einem anderen Land auf der Straße und ich lernte, für mich selber zu sorgen. Ich wurde vor circa einem Jahr eingefangen, sollte getötet werden und wurde gerade noch rechtzeitig gerettet. Ich wurde aufgepäppelt und nach einer Weile in dieses Land verfrachtet. Ich war bei Menschen, die mich eigentlich gar nicht wollten. Danach nochmal das Gleiche, bis ich dann hier angekommen bin. Ich wurde nie gefragt und man wollte immer nur mein Bestes. Alles, was ich an Regeln auf der Straße gelernt hatte, war über Nacht wertlos für mich geworden. Und die Regeln meiner neuen Welt waren mir unbekannt und ich konnte sie nicht verstehen. Ich war unsicher, hatte Angst – und ich klammerte mich an jeden Strohhalm!

Heute, nach einem Jahr, bin ich hier angekommen. Ich habe in dieser Zeit mehr gelernt, als manch ein Mensch sich vorstellen kann. Ich bin der tollste Mistköter der Welt – und ich bin es gerne!

Kloppekumpels

Heute hat der Milow auf der Hundewiese den Eddi getroffen – die sind im Schnee gerannt wie kleine Irrwische, haben sich gebalgt, geschuppst und gekloppt, haben sich über die Schnauze gebissen, mit den Zähnen gerasselt und sich gegenseitig die Ohren abgeknabbert, sind zuhause zufrieden und erschöpft Seite an Seite eingeschlafen und sind wahrscheinlich die besten Freunde der Welt! Der Eddi ist Milow's Kloppekumpel und der Eddi darf heute bei uns übernachten – das finden beide toll! Der Eddi ist ein Mini-Bullterrier, keine zehn Monate alt und er ist ein sogenannter Kampfhund.

Eddi hat nie gekämpft und ich glaube auch nicht, dass er da jemals Lust drauf haben würde – außer den Milow zu verkloppen und vom Milow verkloppt zu werden – nichts Besonderes also! Aber Eddi sieht aus wie ein Hund, dessen Vorfahren gerne zu Hundekämpfen benutzt wurden – und jeder sieht das, weil jeder schon einmal davon gehört hat! Fast jeder hat eine Meinung und ein Urteil, fast jeder weiß vollautomatisch Bescheid, ohne den Eddi zu kennen. Sogar seine Tierärztin meinte neulich, die Freude seines Frauchens dämpfen zu müssen: Wer weiß, wie lange der noch so verträglich bleibe – bei der Rasse solle man vorsichtig sein bezüglich anderer Rüden und überhaupt! Eddi weiß davon nichts und der Milow auch nicht – und das ist auch gut so. Manche bleiben weg vom Hundeplatz, wenn Eddi oder andere da sind. Uns ist das egal, denn der Eddi ist ein feiner Kerl und wir freuen uns jedes Mal riesig, wenn wir ihn treffen – sogar Klein Luna und das will was bedeuten!

Der Daffi, auch ein Hundekumpel von uns, ist nur ein halber sogenannter Kampfhund: Von seiner Mutter, einer Australien Shepard-Lady, hat er die Farbe – von Vatern, der ein StaffordshireBulli ist, die Figur und das Aussehen! Daffi ist der wahrscheinlich am besten erzogenste Hund der Welt und ich halte ihn Milow und Luna gerne als gutes Beispiel vor. Daffis Herrchen ist ein guter Freund von mir und auch die Hunde verstehen sich prächtig – seltsamerweise sind wir immer sehr alleine auf der Hundewiese, wenn wir gemeinsam da sind. Klein Luna findet Daffi einfach toll, weil man den prima über die Wiese jagen kann und er es auch respektiert, wenn sie einmal keine Lust darauf hat! Und der Milow? – Der findet sowieso alle Hunde toll, sich selber auch! Daffi ist oft alleine, weil andere Menschen ihm mit ihren Hunden aus dem Weg gehen, denn Daffi geht immer ohne Leine. Er kann das aber auch sehr gut, fast besser als meine beiden mit Leine!

Die wenigsten Menschen verhalten sich nicht seltsam, wenn es um sogenannte Kampfhunde geht. Es ist schon eine kleine Weile her, da war der Kurti weg, einfach abgehauen, und natürlich machten wir uns alle Sorgen und gemeinsam auf die Suche. Das umgehend informierte Tierheim unternahm gar nichts: Wir sollten einfach ruhig bleiben, einen Tag abwarten, der würde schon von alleine zurückkommen. Und so war es dann auch – Gott sei Dank, der kleine ToyTerrier war wieder zu Hause! Anders war das bei der Caddy: Als die mal weg war, brach hier im Ort fast eine kleine Panik aus. Das halbe Tierheim rückte aus und die Polizei auch! Es war eher eine Treibjagd als eine gemeinsame Suche. Es könne ja so viel passieren. Die Angst stellte sich vor den Verstand und auch ihr Frauchen war irgendwann völlig verrückt vor Sorge: Denn Caddy war nicht nur läufig und weg, sie ist vor allem ein PitBullTerrier – da wurden die Karten einfach anders gemischt, da galten andere Spielregeln! Sogar die örtliche Tageszeitung brachte einen kurzen Bericht. Und so ganz nebenbei: Auch Caddy kam von selber wieder nach Hause zurück – rein gar nichts war passiert: außer, dass sie sich ein paar schöne Stunden gemacht hat und nun in Erwartung kleiner Welpen war!

Der Gizmo war ein alter Freund von Klein Luna und ein Mix aus Bullterrier und Bulldog – fast genauso breit wie lang und ein unglaublich lieber Kerl. Manchmal war er ein klein wenig aufdringlich, so wie Kerle halt manchmal sind, aber meine kleine Ziege wusste sich immer zu wehren. Einmal hat sie ihm sogar ein klein wenig die Schnute blutig gebissen – aber der Gizmo kam gar nicht auf die Idee, es ihr übel zu nehmen. Er machte eine kleine Pause, erholte sich bei seinem Frauchen vom Schrecken und fing danach gleich wieder an, mein kleines Mädchen über den Platz zu scheuchen – toller Hund! Leider kommt er nicht mehr zu uns und der Milow kennt ihn nur von Lunas Erzählungen – die beiden wären gute Kloppekumpels geworden.

Die Mali ist neulich auf den Milow draufgefallen und das hat er ihr übel genommen! Es hat weh getan, hatte er gesagt und dann musste er auch ordentlich jammern. Mali wiegt so gefühlte 60 Kilo, ist eine Mischung aus Mastino und AmericanStaffordshire und kann überhaupt nichts für ihr Körpergewicht. Mali ist ein Balljunkie und interessiert sich nicht die Bohne für andere Hunde, wenn irgendetwas ballförmiges in der Nähe ist – außer andere Hunde haben ihren Ball. Milows Pech war eben, dass er Malis Ball hatte, und nun mag der Halunke sie gar nicht mehr leiden. Macht aber nichts, denn auch Luna fand es immer etwas seltsam, dass die sich überhaupt nicht für sie interessiert und immer nur mit ihrem Ball rumrennt! Fast alle hier im Dorf machen einen großen Bogen um Mali und ihr Frauchen, obwohl alle sie kennen und von ihrer Friedfertigkeit wissen – einfach nur vorsichtshalber, denn man weiß ja nie! Sie hat halt das falsche Aussehen und die falschen Eltern: Das macht einsam!

Im ganzen Ort gibt es nur einen einzigen Kampfhund, und die heißt Suse, weil sie ein Mädchen ist. Suse muss draußen einen Maulkorb tragen, weil sie von kranken Menschen zu einem

Kampfhund gemacht wurde! Sie ist wahrscheinlich eine Mischung aus Boxer und StaffordshireTerrier – und genau das war ihr grausames Schicksal. Suse ist nicht besonders groß, viel kleiner als Daffi, Gizmo oder Mali. Ihr ganzer kleiner Körper ist von Narben überzogen, die auf schlimmste Verletzungen hindeuten – Verletzungen von anderen Hunden, die ihr in kleinen quadratischen Ringen zur Freude von Menschen zugefügt wurden. Suse wurde schon als kleiner Hund auf Hundekämpfe abgerichtet und würde wohl auch nicht mehr leben, wenn andere Menschen sie dort nicht herausgeholt hätten. Aber viel schlimmer als die Narben am Körper sind die Narben in der Seele. Die kleine Suse verträgt keinen Stress und keine Anspannungen, weder von Menschen noch von Hunden. Angriff ist die beste Verteidigung, das hat sie von klein auf gelernt und eingeprügelt bekommen. Aber sie hat es heute gut, denn ihre neuen Leute kennen sich mit ihren Problemen aus und unternehmen sehr viel, um dem kleinen Mädchen zu helfen. Suse hat noch einen langen Weg vor sich, aber auch für sie wird der Tag kommen, an dem sie mit anderen Hunden auf dem Platz unbefangen spielen und herumtollen kann – wir wünschen es ihr von ganzem Herzen! Nicht alle Menschen sind dumm und grausam und manchmal finden sich sogar welche, die Suse gemeinsam mit ihren Hunden auf ihrem Weg unterstützen – als Spiel- und Übungspartner auf dem Hundeplatz. Aber die meisten gehen auch ihr einfach aus dem Weg – sicher ist sicher!

Menschen wissen oft viel, ohne wirklich informiert zu sein! Sie verbreiten dieses Wissen, oft ohne nachzudenken, und schaffen durch ihr Handeln Wirklichkeiten zum Nachteil von Minderheiten. Minderheiten brauchen Schutz und Vertretungen in der Öffentlichkeit. Als der Eddi noch ein kleiner Welpe war, da waren etliche Hundehalter begeistert von dem kleinen Wirbelwind. Heute, wo er ein ganzes Ende größer geworden ist als die meisten Mitglieder unseres Clubs der Fußhupen (den gibt es wirklich!), gehen ihm die ersten schon aus dem Weg. Ich verstehe so etwas nicht und meine beiden Hunde schon gar nicht. Klein Luna hat sich ihre Spielgefährten schon immer selber ausgesucht und ich musste dann zusehen, dass ich damit klarkomme – meistens mit den zugehörigen Menschen! Wenn meine Hunde mit anderen toll auskommen, dann ist es doch völlig wurscht, wie die aussehen, wie groß die sind oder welche Eltern die haben – wichtig ist, das sie sich verstehen! Und wenn einer ausschließlich wegen seiner Abstammung oder seiner Herkunft verunglimpft wird, dann ist das eine Diskriminierung – und Diskriminierungen haben keinen Platz in unserer kleinen Welt!

Jeder Hund ist klasse, egal welche Rasse! ... das musste jetzt mal raus!

Die Einstellung der Menschen zu ihren Hunden ist das, was die Hunde zu dem macht, was sie sind – nicht ihre Abstammung oder Herkunft! Oft sind sie Opfer menschlicher Geltungssucht und müssen als Statussymbole herhalten, um die Minderwertigkeitskomplexe ihrer Menschen auszugleichen. Einige Zeitgenossen bestätigen immer wieder die Vorurteile und Klischees der meisten Menschen, die Hunde sowieso nicht mögen. Es ist doch völlig egal, ob ein Hund groß oder klein ist oder zu welcher Rasse er gehört – alle Hunde sind Hunde und deshalb sind sie auch in der Lage, sich zu unterhalten und miteinander auszukommen!

Leika, meine erste Hündin, hatte einen Jugendfreund namens Rudi. Die beiden lernten sich auf einer Hundewiese kennen und waren von diesem Moment an unzertrennlich. Sie gingen zusammen in die Junghundegruppe, lernten gemeinsam in der Hundeschule und legten Seite an Seite ihre Begleithundeprüfung ab. Rudi war ein kleines schwarzes Energiebündel, ein Staffordshire-Mischling und war der tollste Begleiter für meine

Leika, den ich mir wünschen konnte. Das ist jetzt fast zwanzig Jahre her und damals gab es in meiner Welt noch keine Diskussion über sogenannte Kampfhunde. Es war die Zeit der Dobermänner, Rottweiler und Deutscher Schäferhunde – jedenfalls für kleine Menschen mit Defiziten am Selbstbewusstsein. In der öffentlichen Meinung war Leika der gefährliche Hund und der kleine Rudi ihr lustiger Begleiter. Mein Frollein wuchs durch diese Freundschaft zu einem wunderbaren Mädchen heran und ich denke heute noch gerne an die Zeit zurück – an mein erstes Jahr als Hundehalterin, das mich für immer geprägt hat! Leider nur ein Jahr, denn Rudis Herrchen fand eine neue Arbeitsstelle in einer anderen Stadt und danach haben wir die beiden niemals wiedergesehen!

Sodele, ich kann jetzt zusehen, dass ich im Bett noch ein kleines Plätzchen zugewiesen bekomme. Eddi und Milow haben es sich dort schon gemütlich gemacht und Klein Luna ist mal wieder auf meinem Schoß eingeschlafen.

Good Dog happy Man

Meine Hunde verhalten sich immer vorbildlich! Die kläffen nicht vor Supermärkten rum, belästigen keine Passanten, pöbeln keine anderen Hunde an, befolgen jedes Kommando sofort, ziehen nicht an der Leine und bleiben auch ohne diese immer in meiner Nähe. Meistens ist das so, oder eher manchmal bis nie, aber in unserer Wohnung auf jeden Fall immer! Darauf bin ich stolz, und überhaupt bin ich stolz darauf, wie ich das so drauf habe mit der Hundeerziehung. Auf dem Hundeplatz, wenn es um die Hunde anderer Leute geht und zu Hause, wenn es um meine Hunde geht. Meistens vor dem Computer und beim Schreiben. Immerhin, ich kann was – glaube ich!

Einbildung soll ja auch eine Art von Bildung sein, brummt es schon wieder im Hintergrund, ich soll mal schön bei der Wahrheit bleiben und nicht wieder so tun als ob! Schreib es einfach auf, wie abgemacht, und rede nicht um den heißen Brei herum! Menno, denke ich so bei mir, und Klein Luna kann manchmal ganz schön zickig sein. Versprochen sei versprochen, kommt gleich der Konter von beiden, und Strafe müsse schließlich auch sein!

Worum es hier und heute geht? Ganz einfach: Luna und Milow haben mal wieder geredet, über mich! – Und hätte ich bloß nicht gelauscht und zugehört. Ich wurde erwischt und zur Strafe muss ich das jetzt alles aufschreiben, auswendig lernen und veröffentlichen, damit auch andere sehen, wie es hier Tag für Tag zugeht. Eine Peinlichkeit jage die andere und es sei schlimm, was die beiden alles so hinnehmen und aushalten müssten – mit mir!!!

Das fängt schon damit an, das *die* sich jeden Morgen freiwillig unter den Regen stellt, quakte Milow, und mit Lunas Fragen und Erklärungen ging es dann so eine Weile hin und her:

Wie Regen?
Ja Regen, weißt du doch!
Wo?
Im Badezimmer, jeden Morgen.
Ach so!
Nass machen, sich selber nass machen, Igitt!
Macht sich ja auch wieder trocken.
Stimmt.
Und?
Erst nass machen, dann trocken machen, sehr seltsam ist das!
Findest du?
Jeden Morgen, aber auch wirklich jeden Morgen!
Macht *die* immer.
Sag ich doch.
Ist mir egal!
Wie?
Die ist eben nur ein Mensch.
Sind die so?
Ja!
Wirst wohl Recht haben.
Soll *die* sich nass machen, solange ich nicht mit muss!
Musstest du mal?
Ja.
Echt?
Ja.
Mist!!
Immer, wenn ich gut rieche!
Wieso?
Weil *die* will, das ich schlecht rieche.
So wie *die*?
Genauso!

Die kann doch gar nicht riechen.

Bestimmt, weil die immer brennende Stöckchen lutscht.

Die Stinker?

Ja.

Warum macht *die* das?

Weiß nicht.

Bestimmt, weil die krank ist.

Wie?

Sind die alle so hier?

Viele.

Seltsame Gegend hier!

Was willst du erwarten von *der*?

Wie?

Na, wer den ganzen Tag Männchen macht …

Stimmt, der kann nicht ganz richtig im Kopf sein.

Hast' jetzt verstanden?

Nö!

Wie nö?

Hab ich nicht!

Schon mal die anderen Sachen gesehen?

Welche?

Dass *die* sich die Füße abmachen kann, zum Beispiel.

Ja.

Und auch wieder dranmachen.

Stimmt, wer so was macht, der tickt nicht ganz richtig.

Und ihr Fell macht *die* drinnen ab.

Meistens.

Tut *der* das nicht weh?

Bestimmt!

Müsste man eigentlich melden!

Wo?

Bei den anderen.

Aber die machen das doch auch.

Meinste?

Fast alle, glaube ich.

Und wir?
Wie?
Müssen wir das auch?
Bisher nicht!
Puh!
Wie puh?
Glück gehabt, ich finde mein Fell gut.
Ich nicht.
Häh?
Geb mal nicht so an, sonst isses weg!
Was?
Dein Fell.
Echt?
Nö!
Blöde Kuh!
Musst nicht alles glauben.
Kann man auch nicht.
Wie?
Aber sonst ist *die* in Ordnung!
Glaub ich auch!
Bis auf meistens.
Stimmt!
Dieses ewige Meckern, nichts darf man!
Und draußen vor allem!
Was?
Dieses Ziehen an der Leine, total langsam ist *die*!
Ja!
Und mitkriegen tut *die* auch nichts.
Ist normal bei *der*!
Echt?
Musst dich dran gewöhnen!
Du hast das besser ohne Leine.
Kannste auch haben!
Wie?
Geb *der* das Gefühl, dass *die* immer Recht hat!

So einfach?

So einfach!

Fällt mir aber schwer.

Ich weiß!

Und nun?

Denk immer dran, dass *die* das Essen hat.

Stimmt.

Lass *die* glauben, dass *die* die Chefin ist!

Hm?

Dann kannst du tun, was du willst!

Dann meckert *die* nicht mehr?

Genau!

Ist *die* so blöd?

Nö!

Nicht blöd?

Nö, nur etwas einfacher als wir!

Hm?

Wie hm?

Und warum haben wir dann nicht das Sagen, oder ich?

Ich gebs auf.

Sag doch mal!

Weil *die* das Essen hat, deshalb!

Das versteh ich!

Geht doch.

Bin ja nicht blöd!

Aha!

Wie aha?

Merkt man gar nicht.

Gemeinheit!

Stimmt!

Du bist ja sowieso immer bei *der* auf'm Schoß.

Ja genau!

Warum?

Die braucht das!

Du nicht?

Nö.
Wohl!
Schnickschnack.
Jaja.
Das beruhigt *die*, dann meckert *die* nicht so viel.
Die ist ein Weichei!
Wie?
Eddi sagt das auch, *die* kann nichts ab.
Was?
Mal so richtig raufen und in die Ohren oder die Nase beißen.
Hat ja auch kein Fell.
Kann ich da was für?
Nö!
Und?
Musst eben aufpassen!
Warum ich?
Die ist doch nur ein Mensch.
Die quiekt immer gleich los, so wie du!
Blödmann!
Aber *die* quiekt wirklich, auch beim Umfallen.
Wie?
Die fällt doch immer um!
Hat auch nur zwei Beine.
Ist nicht mein Problem!
Doch!
Nö!
Die kann sich Räder unter den Hintern machen.
Ich weiß.
Finde ich toll.
Ich nicht!
Dann kann die richtig flitzen, das macht Spaß!
Aber nur vorwärts.
Ja!
Seitlich geht nicht.
Häh?

Da fällt *die* um und ich bin wieder schuld!
Biste auch.
Gar nicht!
Flitzen macht aber Spaß!
Mir nicht.
Wie?
Hab Rücken!
Aha!
Wirklich, kannst mir glauben.
Ohje, Du Armer.
Immer nur vorwärts, da hab ich lieber Rücken.
Aha!
Wie aha?
Wieso bist du überhaupt hier?
Häh?
Wie kam das?
Was?
Dass du hier bist.
Wo?
Nerv nicht!
Auf'm Hundeplatz damals, mit meiner Ex-Pflegi.
Ja genau!
Wie – ja genau?
Ich erinnere mich.
Echt?
Ja, die war nett.
Die war nicht nur nett, die war richtig gut!
Hm?
Tolle Frikadellen gab's da, gleich am ersten Tag!
Wieso biste weg da?
Wurde hier gebraucht, ihr wart so alleine!
Hahaha!
War aber so, fand ich.
Und die Nette?
Hat einen anderen jetzt, hat Endstelle, so richtig!

Das ist schön!
Finde ich auch!
Und nun?
Mal sehen, das Beste draus machen!
Wo ist *die* überhaupt?
Wer?
Na *die*!
Nebenan.
Wo?
Schlafzimmer.
Guckt bestimmt wieder in leuchtende Vierecke.
Stimmt!
Ist auch so 'ne komische Sache.
Hat *die* schon immer gemacht.
Macht *die* noch was?
Meckert!
Mit mir?
Nö!
Die trommelt bestimmt wieder auf'm Schwarzen Brett rum.
Ja!
Und redet dabei.
Wie immer.
Hat *die* ihre Füße schon dran?
Nö.
Weiß nicht.
Geh mal in die Küche.
Warum?
Ob Essen schon fertig ist.
Fertig?
Fertig!
Dann geht's gleich los!
Bestimmt.
Geh mal hin.
Wie?
Mit Anlauf und sag, dass wir Hunger haben!

Muss Pipi!
Ich auch!
Jetzt kommt *die*.
Toll!
Die hat schon ihr Fell in der Hand.
Dann geht's los!
Ja genau, *die* holt ihre Füße.
Juchuuu!!!
Jippiii!!!
Gar nicht so schlecht hier!
Sag ich doch!
Tollstes Frauchen der Welt!
Juchu!!!
Jippi!!!
Jetzt geht's los!
Gleich gibt's Essen!
Ich kann Pipi!
Juchu!
Jippi!

Draußen vor der Tür erwartet uns dann wieder der Winter mit Schnee und leichtem Wind. Schlagartig wird aus dem lieben Frauchen ein bösartiges Monster, das extra lange gewartet hat, bis das Wetter wieder richtig fies ist! Auf einmal reichen ein kleines Pfützchen im Schnee und ein schneller Kontrollgang am Zaun – und schwupps geht's wieder nach oben. Jetzt folgt die tollste Zeit des Tages: Essen fassen, noch etwas Schmusen, um den besten Platz im Bett kabbeln und dann gemeinsam einschlafen. Dem Milow fällt gerade noch ein, dass er vor lauter Meckern ein paar tolle Angewohnheiten von mir vergessen hat: so Sachen wie ,Streuselkuchen im Bett essen', ,in der Küche rumkleckern' und ,die besten Stöckchen finden können' fände er schon klasse an mir. Aber bevor er dazu kommt, es auszusprechen, fallen ihm die Augen zu und mit seinem brummigen Schnarchen wiegt er uns alle sanft in den Schlaf!

Der kleine Unterschied

Mein kleines Mädchen, das übrigens ein Hund ist und Luna heißt, kann von allen Dingen, die sie kann, eines am besten: Schmusen! Am allerliebsten in Tateinheit mit Schlafen, direkt nach den Mahlzeiten oder nach einer ausgiebigen Abenteuerreise. Wäre es möglich, würde sie auch alles gleichzeitig machen – wirklich alles: Schmusen, Schlafen, Essen, Ausgehen und Spielen! Geht aber nicht, stellt Luna verschlafen fest, es sei denn, ich würde sie zum Pipimachen raustragen, aufwecken und mal kurz absetzen. Es kam allerdings schon vor, dass sie auf der Hundewiese auf meinem Schoß eingeschlafen ist, während alle anderen um uns herum spielten und herumtollten – bis auf manche Zweibeiner, die augenscheinlich Schlafen im Stehen trainierten.

Mein großer Junge, übrigens auch ein Hund, kann alles nur hintereinanderweg machen. Alles hätte seine Zeit, erklärte er mir neulich. Es gäbe Momente zum Schmusen und solche zum Schlafen, aber niemals gleichzeitig. Schmusen sei gut zur Entspannung, wenn man satt ist, um sich danach in Ruhe zum Schlafen abzulegen – in Ruhe – wohlbemerkt. Auch Ausgehen hat seine eigenen Zeiten, zum Beispiel wenn man ausgeschlafen hat. Nur zum Essen und Containern sei immer Zeit, wenn was da ist jedenfalls, theoretisch! Auch Raufen und sich mit Kumpels kloppen sei gut, um müde zu werden; Schlafen könne man dann ja hinterher. Ein richtiger Kerl schmust auch nicht, wenn er ohne Schmusen einschlafen kann – also ohne fremde Hilfe! Seine Kumpels würden das auch so sagen, meint der Halunke jedenfalls.

Milow macht alles richtig und mit Hingabe, wenn er was macht. Er mag keine halben Sachen! Wenn er denn ausnahmsweise einmal zum Schmusen zu mir kommt, dann ist es ihm auch egal, wer alles sonst noch da ist. Er kommt in der Regel angeflogen und wirft sich mit Schwung halb auf mich drauf – völlig egal, wer oder was sich noch auf mir befindet! Ich habe mich daran gewöhnt und Luna sich auch, denn so nach zehn Minuten hat der Kerl aufgetankt und verzieht sich irgendwohin, um einem seiner anderen Hobbys nachzugehen – meistens Schlafen oder Containern. In diesen Momenten erinnert Luna sich dann daran, dass sie ein Körbchen besitzt und wartet einfach ab, bis ich wieder zur Verfügung stehe! Wie gesagt, Milow macht keine halben Sachen und wir haben uns daran gewöhnt.

Luna ist anders als Milow – nicht nur, weil sie ein Mädchen ist, oder weil sie einfach nur viel kleiner ist! Nein, Luna ist einfach ein höflicher Hund und fragt immer erst, ob sie darf, bevor sie etwas macht. Nach all den Jahren sitzt sie immer noch vor mir und ihre Augen fragen ‚darf ich‘, bevor meine Augen sagen ‚du darfst!‘ – und schwupps habe ich wieder einen warmen Schoß.

Milow schläft im Bett am Fußende und Luna am Kopfende unter der Bettdecke. Das klappt prima, nachdem der Halunke sich eine kleine Schmuseeinheit abgeholt hat und die abendliche Diskussion über die Grenze zwischen Fußende und Kopfende erledigt ist. Die Kleine schläft zwischen meinen Armen ein und Milow kann vom Fußende aus seine Futtertonne im Blick behalten – besser ist besser, denn auch Essen will seine Zeit haben und nicht verpasst werden! Der Kerl meckert immer mit mir, wenn ich nachts zu sehr rumzappel und verschwindet auch mal im Wohnzimmer, wo er sich dann wieder seine Kissenburg auf dem Sofa baut.

Luna wandert immer mit mir, wenn ich mich umdrehe: Ich hebe dabei vollautomatisch die Bettdecke etwas an, Luna klettert über mich drüber und wir schlafen wieder ein! Das klappt prima, denn wir haben ja schon ein paar Jahre Übung damit.

Morgens, wenn ich aufwache, steht Milow schon vor der Tür und macht sich Sorgen, dass die Reihenfolge durcheinanderkommen könnte: Rausgehen, Fressen und wieder Schlafen gehen. Luna währenddessen scheint zu dieser Zeit von einem Frühstück im Bett zu träumen. Wenn ich dann zur Arbeit gehe, fragen Lunas Augen, wie lange noch bis Freitag sei und der Milow kriegt kaum mit, dass ich gehe, weil er schon wieder pennt. Luna sorgt sich, ob ich wiederkomme und Milow ist froh, seine Ruhe zu haben! Allerdings ist Milow der erste, der mich begrüßt, wenn ich wieder nach Hause komme. Luna hingegen wartet gerne, bis ich zur Ruhe gekommen bin und macht dann ein entspanntes Nickerchen auf ihrem Lieblingsplatz – auf mir drauf!

Sie passen schon gut zusammen, meine beiden Liebsten, und wir haben es gut getroffen! Wir wissen eben, was wir aneinander haben und können es uns gar nicht mehr anders vorstellen. Jedem seine Eigenarten, höre ich die beiden grad mal wieder brummeln. Die nächste Geschichte würden sie über mich und meine Schrullen schreiben – dann könne ich mal sehen, wer von uns hier Eigenarten hätte. Um dieses abzuwenden, komme ich nun zum Ende: Man gut, dass wir alle so verschieden sind, sonst wüssten wir gar nicht, worüber wir den ganzen Tag reden sollten. Der Milow ist schon eingeschlafen und ich schleppe mich mit Luna jetzt auch in Richtung Bett – die Heizung ist auch schon aus und es ist wieder spät geworden heute Nacht!

Popoloch! Schnapp Dich doch!

Der Milow ist ja der Meinung, dass die Luna mich viel zu sehr verwöhnt habe und er das nun alles ausbaden müsse. Nur, weil sie so hinterher wäre, mir alles recht zu machen, müsse er nun auch so sein – das wäre ungerecht! Außerdem würde er immer als der ungezogene Halunke dastehen und sie als die kleine Prinzessin. Das ginge so nicht mehr weiter und es sei an der Zeit, endlich mal Klartext zu sprechen!

Recht hat er! Das müssen Luna und ich mit etwas schlechtem Gewissen zugeben. Man höre ja so einiges, und vor allem auf dem Hundeplatz werde so manches erzählt – von früher, als die Tiffany noch da war. Die hatte wohl ab und an mal aus dem Nähkästchen geplaudert: von Bettbezügen, Knöpfen und Katzenklos!

Luna verschwindet vorsichtshalber schon im Schlafzimmer unter der Bettdecke und ich muss zugeben, dass es mit der Kleinen damals wirklich nicht einfach war. Wer braucht schon Bettbezüge zum Zuknöpfen, außer Luna? Jedes Knöpfchen hat sie abgeknabbert und in kleinste Einzelteile zerlegt – nicht ohne eine gewisse chirurgische Begabung. Die danach angeschaffte Bettwäsche mit Reißverschlüssen war für sie zunächst etwas gewöhnungsbedürftig, aber nach einer kleinen Weile hatte sie auch dieses Prinzip verstanden – schon faszinierend, was so ein kleiner Hund für eine Energie aufbringen kann, wenn er erst mal einen Plan hat.

Milow hat Recht – was sind da im Vergleich schon diverse Bücher und Zeitschriften – ganz normaler Schwund ist das dagegen! Und auch die Sache mit meinem Handy: Ich wollte doch sowieso ein Neues kaufen und deshalb könne ich seine Unterstützung diesbezüglich ruhig mal anerkennen. Außerdem hätte es ziemlich schlecht geschmeckt! Meine neue Angewohnheit, alle guten und interessanten Sachen hoch- oder wegzustellen, wenn ich die Wohnung verlasse, findet er allerdings ziemlich übertrieben und demütigend. Wenigstens eine kleine Kerze könne ich mal wieder für ihn auf dem Tisch stehen lassen – die seien nämlich lecker, findet er!

Es sei ja auch nicht von ungefähr, dass Luna heute noch den Spitznamen ‚Pütterine‘ hätte, und wie er neulich so gehört hat, stand für sie früher wohl auch ein Katzenklo im Badezimmer. Voll peinlich sei das, und einem Hund nicht würdig. Er würde niemals in der Wohnung pinkeln – nicht ins Katzenklo und auch nicht ans Bücherregal. Der Rocky und die Tiffany hätten damals ja ganz schön was auszuhalten gehabt mit der Kleinen, glaubt der Halunke zu wissen, und tatsächlich: Es war wirklich nicht immer leicht mit der Kleinen. Aber im Alter von drei Jahren noch umzudenken und es besser zu finden, seine Geschäftchen draußen zu machen, anstatt auf dem Teppich, ist eine riesige Leistung – finden wir jedenfalls!
Heute ist dieses zum Glück nur noch eine Geschichte aus der Vergangenheit und mein Mann wollte zu dieser Zeit sowieso alle Teppiche rausnehmen und Holzfußböden verlegen.

Trotzdem findet der Milow das alles viel schlimmer, als die paar Freiheiten, die er für sich in Anspruch nimmt. Wenn auf der Straße leckere Sachen herumliegen, dann dürfe man die auch aufessen – und wer ihm das dann wegnehmen will, der sei doof und dürfe auch geschnappt werden. Schnappen sei sowieso eine gute Methode, um klarzustellen, dass einem gerade etwas nicht passt! Völlig egal, ob beim Ausgehen gerade die Leine nervt, ob man sich beim Schlafen gestört fühlt oder ob einem gerade irgendetwas anderes nicht so in den Kram passt. Meine andauernde Meckerei deshalb würde ihm so ziemlich auf den Keks gehen und ich solle mir besser vor Augen halten, was die liebe Luna sich alles schon so geleistet hätte! Seine Kumpels auf der Wiese würden das auch so sehen und ich solle mich nicht so anstellen: Er könne ja auch nichts dafür, dass ich nur ein Mensch sei!

Neulich hätte Luna sogar zugegeben, dass auch sie früher nur an der Leine rausdurfte. Soll die also gar nicht so tun, als wenn sie was Besseres wäre. Schade, dass er mit der Tiffany nicht mehr reden könne, die würde bestimmt so einiges erzählen können! Und tatsächlich, ich gebe es nicht gerne zu, wird die liebe Luna zu einer fiesen Ziege, wenn sie angeleint ist und andere Hunde in Sichtweite kommen – egal, ob es bekannte oder fremde Kollegen sind. Manchmal sei das fast so, als wenn sie ein zweites Gesicht hätte, meint der Milow und findet es dann doch ganz gut, dass die Luna meistens ohne Leine mit uns geht.

Er brauche eben noch etwas Zeit, um sich an das Zusammenleben mit uns zu gewöhnen und ich solle mir doch mal überlegen, wie es mir an seiner Stelle gehen würde. Es sei nicht leicht, die Verantwortung für sein Leben in die Hände anderer zu legen – schon gar nicht in die von Menschen – vor allem, wenn man fast sein ganzes Leben auf sich alleine gestellt war! Er wolle ja auch gar nicht schlecht über Luna reden, aber die sei ja auch viel älter und hätte schon viel mehr Zeit gehabt, sich an mich zu gewöhnen. Ich solle lieber mal die ganzen Dinge sehen, die er schon gelernt habe – dann könnten wir uns auch mal gegenseitig auf die Schultern klopfen! Manchmal würde ihm auch schon etwas weniger Meckern völlig ausreichen. Irgendwann würde er alles auch so toll können wie die Prinzessin und bis dahin bittet er mich doch um etwas mehr Zeit und Geduld. Sein Schnappen sei ja auch nie böse gemeint, sondern seine einzige Möglichkeit, auf seine Bedrängnis aufmerksam zu machen und sich etwas mehr Freiraum zu verschaffen – jedenfalls ginge es ihm um nichts anderes.

Ziemlich müde geworden, finden wir es aber gut, mal drüber gesprochen zu haben. So langsam werden wir in unserem Bettchen verschwinden. Aber trotz allem Verständnis für den tollsten Hund der Welt: Schnappen mit Wehtun ist doof und wir werden uns doch etwas mehr anstrengen müssen, hier eine Lösung zu finden!

Knautschi, Schnaufi und die Knutschkugeln

Milow fühlt sich wohl in Deutschland und auch Klein Luna findet ihn mittlerweile richtig toll. Viele Leute hat er kennen gelernt und auch dolle Kumpels gefunden, sagte er mir neulich. Ein dolles Land sei das hier, viel besser als früher! Vor allem auf der Hundewiese! Am besten seien die, mit denen man sich so richtig toll kloppen kann, ohne Mecker!

Nur manchmal sind da seltsame Typen auf der Wiese, Luna habe das ja schon immer gesagt und ihn auch gewarnt. Hunde, denen beim Trinken das Gesicht über die Augen fällt sind schon seltsame Zeitgenossen, finden beide. Aber Knautschi ist ein tolles Mädchen, wenn auch etwas schwer zu verstehen, weil sie auf der Wiese ihren Schwanz nie dabeihat und man ihr Gesicht so selten sieht. Luna ist ja der Meinung, dass die viel zu viel sabbert, vor allem beim Rennen und Toben. Milow stört das nicht die Bohne, denn die rennt und tobt wenigstens – der Sabber falle schon von alleine ab, sagt er!

Aber es gibt noch viel seltsamere Gestalten auf unserer Wiese, finde ich. Oh ja, Schnaufi zum Beispiel, sagt Milow, der sei schon toll! Man muss nur seine zweibeinigen Begleiter ignorieren, die sich andauernd über ihn lustig machen und ihn auslachen! Schnaufi darf nie rennen, weil diese Angst haben, dass er ohnmächtig wird und umfällt. Schon schlecht, wenn man keine Nase hat, oder nur eine ganz kleine. Aber es geht noch und man könne mit Schnaufi ganz toll raufen und Kloppespiele machen. Der macht beim Spielen und Laufen viele Geräusche, weil die Luft so schwer durch die kleine Nase hin und hergeht. Manchmal blubbert der richtig, vor allem, wenn er sich aufregt. Seine Begleiter finden seine Atemnot lustig und manchmal sogar niedlich, während Milow und Luna gar nicht wissen, wegen was sie ihn mehr bemitleiden sollen: wegen seiner Atemnot oder wegen seiner Begleiter! Seinen Schwanz hat

Schnaufi auch irgendwo verloren, aber das sei für ihn nicht ganz so schlimm, sagt er selber. Ist wenigstens noch ein kleines Stückchen da und sein Gesicht mit den Augen drin könne man ja auch sehen!

Ein Gesicht hätten die beiden Knutschkugeln allerdings auch – ein sehr großes sogar, fast wie ein Teller, wendet Luna gerade ein. Sie mochte die beiden noch nie so sehr, während Milow das anders sieht: Hauptsache Hund, alles andere ist doch egal, oder? Riesige Augen hätten die, so richtig toll und groß! Neulich sei sogar eins rausgefallen, weil die in den kleinen Kopf gar nicht richtig reinpassen, erzählt Luna und möchte noch schnell von der Atemnot der beiden berichten. Das sei aber doch egal, wenn man sich kaum bewegen kann, brauche man auch nicht so viel Atem. Sollen sie halt nicht rennen, sagen die beiden Zweibeiner, die meistens mit auf der Wiese sind. Womit denn auch rennen, wenn man keine Beine hat, kommentiert Milow, der so langsam auch zynisch wird. Die Frage nach den Zähnen und wo diese sich aufhalten, verkneift er sich lieber, in Erwartung einer dummen Antwort.

Ob die beiden Knutschkugeln zur Wiese rollen oder immer ihre Beine einziehen, wenn sie dort ankommen? Luna kann diese Frage auch nicht wirklich beantworten, bisher wurden keine Beine gefunden. Sie beobachte das ja nun schon einige Jahre und Milow wollte es bisher nicht recht glauben. Den beiden geht's aber wirklich schlecht, stellte Milow bereits bei der ersten Begegnung fest: Da schleift ja der Bauch auf dem Boden und wenn die umfallen, dann können die nicht wieder aufstehen!

Ich kann Luna und Milow nicht erklären, warum viele Menschen die Gesellschaft von kranken Tieren so sehr bevorzugen, dass sie sich diese ganz gezielt aussuchen und andere Menschen bezahlen, die diese Tiere gezielt krank machen. Sie würden es nicht verstehen in ihrer freundlichen und zugewandten Art, so wie Hunde nun einmal sind! Ich weiß auch nicht, ob Hunde heutzutage kranker sind als früher – vielleicht haben nicht die Krankheiten zugenommen, sondern nur unser Wissen über sie, weil es immer mehr wissenschaftliche Untersuchungen, Tests und Veröffentlichungen zu diesem Problem gibt!

Knautschi ist eine Vertreterin einer uralten chinesischen Hunderasse, ursprünglich für Hundekämpfe gezüchtet, wie mir ihr Herrchen oft stolz versichert. Eigentlich wollte er ja eine englische Bulldogge, aber die sei ihm zu teuer gewesen und ein Shar-Pei tat es dann zur Not halt auch. Luna findet Knautschi doof, weil die sehr aufdringlich ist und man nie genau weiß, ob die nun gute oder schlechte Laune hat. Milow ist das alles so ziemlich egal. Die kriegt gut Luft und kann deshalb super über den Platz gescheucht werden. Außerdem kann man die gut durchknautschen, ohne dass sie meckert – und das findet der Halunke einfach klasse!

Schnaufi ist eine Französische Bulldogge. Klein, kräftig und fast genauso breit wie lang. Ein klasse Hund, hätte der Mensch bei seiner ganzen Züchterei nicht die Schnauze, beziehungsweise die Nase am Hund vergessen. Unser kleiner Schnaufi hat zudem noch eine angeborene Abwehrschwäche, weshalb er regelmäßig sehr starke Tabletten einnehmen muss. Diese Pillen, die sehr teuer sind, machen so ganz nebenbei die Puste weg und den Kreislauf platt. Eigentlich sollte Schnaufi deshalb tot gemacht werden von seinen Vorbesitzern, denen er zu teuer wurde und die keine Lust auf einen kranken Hund hatten. Deshalb hat Schnaufi es heute auch gut, weil er leben darf und weil er dann doch noch richtig Glück hatte. Und aus dem gleichen Grund sind seine neuen Leute auch gar keine Doofen, sondern allerhöchstens seltsam lustige Zeitgenossen, die ihrem Hund durch ihre lockere Art das Leben ein Stückchen erträglicher machen.

Konnte ich ja nicht wissen, brummt Milow da hinten und gibt dem Schnaufi in Gedanken einen Schubs; der Kerl rede ja so wenig! Trotzdem sei es gemein, findet Luna, sich über seinen Hund lustig zu machen, das gehöre sich nicht. Gerettet hin und gerettet her, sie wäre beleidigt! Das glauben die beiden Jungs nun allzu gerne, schnaufen gemeinsam etwas, das wie ‚Weiber‘ klingt und würden jetzt versuchen, sich gegenseitig umzuschubsen, während Luna sich beleidigt unter die Sitzbank zurückzieht und dort … ach, ist doch egal, Kerle sind doof!

Die Knutschkugeln sind zwei sehr moppelige Möpse. Möpse sollen früher einmal wirklich kernige und gesunde Hunde gewesen sein. Es ist noch gar nicht so lange her, so Mitte des letzten Jahrhunderts, da hatten Möpse noch richtige Hundegesichter und einen Körperbau, der sie eindeutig als Hunde auswies – sogar Schwänze hatten die! Heutzutage soll es Möpse geben, die nur noch im Sitzen schlafen können. Im Liegen würde es ihnen schlicht die Luftröhre zudrücken! Züchter verkaufen dieses gerne als reizende Eigenart dieser Rasse, wie ich neulich in einer Zeitschrift las: Es seien so tolle Hunde – die wollen einfach nichts um sich herum verpassen und hätten deshalb gar keinen Bock zu schlafen!

Kranke Menschen erschaffen kranke Tiere und solange andere kranke Menschen diese kranken und armen Seelen ‚kaufen‘, wird sich da auch nicht viel dran ändern! Die Nachfrage bestimmt das Angebot und da ist es in dieser Welt völlig egal, ob es um Margarine, Dosenbier oder um Tiere geht! Wer einen Hund möchte, der immer traurig guckt, legt sich einen Basset zu. Die schweren Ohren ziehen das Gesicht nach unten und die Augen teilweise gleich mit! Hunde, die ständig unter Bindehautentzündungen leiden und mit offenen Augen schlafen müssen, sehen nicht nur traurig aus, sondern sind es auch! Wer einen großen und ganz besonders auffallenden Hund braucht, ist mit einem Mastino bestens bedient. Das waren einmal

Hunde, die schwerste Lasten ziehen konnten und berühmte Feldherren über Gebirgszüge begleitet haben – heute sind sie kaum noch in der Lage ihren eigenen Körper aufrecht zu halten, geschweige denn den Kopf. Äußerlich sind sie kaum noch als Hunde zu erkennen! Wer einen Hund möchte, der nicht lange lebt, sollte sich eine Deutsche Dogge aus dem Katalog bestellen. Kaum eine wird heute noch älter als sechs oder sieben Jahre – und wenn, dann für den Preis schlimmster Schmerzen, weil sie irgendwann mit ihrem Körpergewicht ihr eigenes Skelett zerquetscht haben!

Professor J. und B. Geröllheimer sind zwei Brüder, die des Öfteren bei uns zu Besuch sind! Tolle Kerlchen mit richtigen ‚Papieren' vom FCI und ständig im Einsatz als Zuchtrüden – die beiden haben einen Riesenspaß daran – welchem Kerl würde es nicht so gehen? Laut ihrer Papiere sind beide astreine Jack-Russel-Terrier: aber J.'s Papa war ein Mini-Bulli und B.'s ein kleiner Staff-Rüde. Eigentlich wären sie ja Mischlinge, aber unter dem Dach eines Zuchtverbandes war das nur eine Linien-Auffrischung des zuchtbuchführenden Vereines. Toll! Wo bitte brauchen nun ausgerechnet so kernige Kerlchen wie die Russels eine Auffrischung, oder Mini-Bullis und Staffis? Die Hunde aus diesen Zwingern gehen weg wie warme Semmeln und uns bewegt die Frage, wie diese Rassen in einigen Jahrzehnten wohl aussehen werden.

Trotzdem sind die Jungs liebenswerte Hunde, möchte mir Klein Luna mit einem Blick aus ihren Augen sagen und ich solle endlich mal aufhören, über andere zu schreiben. Schnaufi sei ein klasse Kumpel, soll ich noch sagen, und die Knautschi könne man ganz toll durch die Gegend schubsen – Milow legt großen Wert auf diese Feststellungen. Und tatsächlich, ich habe genug gejammert und gemeckert für heute! Alle Hunde sind klasse Hunde und keiner von denen kann etwas für sein Aussehen oder für seine Handicaps. Bei den Menschen muss man allerdings etwas genauer hinschauen, um zu sehen, wessen Geistes Kind man vor sich hat! Oft hilft dabei ein Blick auf ihre vierbeinigen Begleiter und jeder sollte sich die Frage gefallen lassen, warum die Entscheidung nun gerade für diese eine Rasse oder diesen einen Hund gefallen ist.

Die Tierheime in diesem Land sind überfüllt von heimatlosen Seelen, die sich alle nur eines mit aller Kraft ihrer Sehnsucht wünschen: ein Zuhause! Welch ein krasser Gegensatz zu den immer weiter produzierten Designerhunden, die zudem so oft unter schlimmsten Handicaps leiden, nur weil der mode- und trendbewusste Mensch Wert darauf legt, sich seinen Wunschhund nach Maß aus dem Katalog aussuchen und bestellen zu können.

Hunde sollten aus dem Himmel fallen, bei allen Menschen! Liebe entsteht durch Begegnung und die erste Zuneigung, nicht durch die Anschaffung eines Produktes! Keiner braucht eine weitere sinnlose Vermehrung von Tieren, solange auch nur eines von ihnen heimatlos ist und in den Tierheimen oder auf den Straßen der Welt Not leidet – keiner! – und am wenigsten die Tiere selber!

Neues vom Grüffelow

Dieses ist die Geschichte darüber, wie der Milow für die Luna eines Tages zum Grüffelow wurde und darüber, wie das mit dem Milow bei uns so weitergegangen ist.

‚Dabei gibt's ihn doch gar nicht, den Grüffelow!'

Klein Luna hat sich toll entwickelt im letzten halben Jahr. Das ist noch gar nicht so lange her, da forderte sie doch tatsächlich einen anderen Hund auf unserer Hundewiese zum Spielen und Herumtollen auf. Dieser andere Hund war der Milow und der staunte zuerst gar nicht schlecht. Wie? So schien er zu fragen, heute mal nicht kläffendes Hundedenkmal spielen? Aber die Überraschung dauerte nicht lange beim ihm und schwups! waren sie dabei, gemeinsam über den Platz zu flitzen. Der Milow ist für alles zu haben, vor allem, wenn es mit anderen Hunden und Spielen zu tun hat. Und Luna? – Klein Luna machte einen Quantensprung in ihrer Entwicklung, einfach deshalb, weil der Milow jetzt da ist und nicht locker gelassen hat! Wie oft hat er sich gemüht, mit Luna ins Spielen zu kommen und hat sich dafür nur eine fiese Ohrfeige auf Hundeart eingefangen. Wie oft hat er sich schmollend zurückgezogen und es nach einer Weile wieder versucht! Toll, wie der Halunke das macht und wie er mit der Kleinen umgeht! Heute ist es fast schon üblich, dass Luna von sich aus den Milow erst einmal über den Platz scheucht, wenn wir dort angekommen und durch das Tor gehen; manchmal auch zum Leidwesen des Halunken, der lieber zuerst seine Kontrollrunde am Zaun rund um den Platz drehen würde, bevor er sich um anderes kümmern möchte.

Ich solle den Ball flacher halten, das wäre doch alles nur eine Frage der Zeit gewesen, brummt da hinten einer vor sich her ... und mein kleines Mädchen versucht sich anzukuscheln an ihren großen Bruder, ihren Grüffelow. Auch die Kleinen können nämlich groß sein, wenn sie einen starken Beschützer an ihrer Seite haben! Mein Mädchen spielt manchmal sogar mit anderen Hunden, wenn der Milow den Anfang macht. Oft fordert er seine kleine Schwester auch zum Mitmachen auf, wenn sie wieder alleine inmitten der anderen Hunde auf dem Platz herumsteht und den Sprung über den Zaun in ihrem Kopf alleine nicht schafft. Mit einem Beschützer und Freund an der Seite kann man so etwas viel besser und braucht auch keine Angst mehr zu haben, von anderen und größeren einfach über den Haufen gerannt zu werden. Ein eigener Grüffelow klärt so was im Nu, und stellt sich des Öfteren auch souverän und begrenzend dazwischen, wenn andere Rüden sein Mädchen zu sehr bedrängen.

Und wieder bin ich so stolz auf meine beiden, dass ich platzen könnte!

Lunas Grüffelow ist sowieso ein toller Hund geworden, bis auf manchmal. Er ist ein Hund, der immer alles gebrauchen kann, meistens für seinen Magen, aber manchmal auch nur so zum Kaputtmachen. Im letzten halben Jahr habe ich mir angewöhnt, alles hoch- oder wegzustellen, was ich noch etwas länger behalten möchte; bis auf einige wenige Sachen. Meine Kerzenständer mit den Kerzen drin gehörten bis vor Kurzem dazu. Mittlerweile weiß ich, dass unser Grüffelow notfalls auch mit Kerzen vorlieb nimmt, wenn nichts anderes mehr da ist – nicht nur zum Spielen, sondern auch für seinen Magen. Der Halunke hat vor einigen Tagen fünf Kerzen komplett aufgefressen und ihm ist noch nicht einmal schlecht geworden davon. Am nächsten Morgen hat das Wachs seinen Körper leicht formverändert einfach wieder verlassen. Wahrscheinlich besitzt der auch gar keinen Magen, eher einen kleinen Atommeiler, oder so! Der golfballgroßen Kugel aus Alufolie erging es neulich nicht anders als den Kerzen. Ich hatte sie zu spät gesehen oder der Milow zu früh. Schwupps war das Ding im Hund verschwunden und ein Tag voller Sorgen folgte. Ich denke jeder andere Hund wäre krank geworden, hätte Schmerzen und Durchfall ertragen müssen und wäre letztendlich von irgendeinem Tierarzt aufgeschlitzt worden. Nicht so bei Milow: Das Ding fiel am nächsten Tag einfach wieder aus ihm raus, leicht verändert aber vollständig erhalten! – So what? Dieser Hund ist eine Maschine, jedenfalls was Fressen & Co. betrifft. Ein toller Hund!

Grundsätzlich braucht der Milow nicht mehr für seinen eigenen Lebensunterhalt zu sorgen, denn dafür hat er mich adoptiert und das hat er auch schon einigermaßen verstanden. Sehr viel hat er von Luna gelernt, denn immer wenn Luna aufspringt, dann gibt's auch etwas zu kriegen – wenn nicht, dann gibt's auch nichts! Die Kleine bringt ihrem Grüffelow sozusagen bei, wie die Chefin des Futters funktioniert. Andererseits könne ich von ihm aber auch nicht erwarten, dass er seine Selbständigkeit aufgäbe, hat er mir neulich mal gesteckt. Genau diese würden wir ja so toll an ihm finden und dann müsse man ab und an auch mal Zeichen setzen, dass man immer noch der Alte sei!

Und das mit der Diät wäre sowieso kompletter Unsinn, aber drei Kilo zuviel sind nun mal drei Kilo zuviel, und die müssen wieder weg – da bin ich beinhart, denn ordentlich Mecker haben wir gekriegt von unserer Tierärztin. Das käme davon, dass ich mich immer beliebt machen müsse mit den ganzen Leckerchen und ausbaden dürfen es dann im Nachhinein die Hunde – und das darf ich mir nun jeden Abend anhören! Da bräuchte ich mich auch nicht zu wundern, dass man sein leibliches Wohl wieder selber in die Hand nehme, wenigstens etwas.

Aber auch Grüffelows sind nicht immer nur stark und brauchen auch selber ab und an ein wenig Hilfe von Kleineren. Ein kleiner Streit mit einer Bekannten um einen doofen Ball endete recht schmerzhaft, als diese Bekannte mit einem Kampfgewicht von 60 Kilo ausrutschte und mit vollem Karacho auf dem Milow landet. Das tat ihm so sehr weh, dass er noch Minuten danach vor Schmerzen schreiend Schutz bei mir suchte. Er konnte überhaupt nicht verstehen, wieso ihm jetzt ein anderer Hund weh tun würde, das kannte er nicht – waren es bisher doch immer nur die Menschen! Dieses Ereignis wirkt bis heute nach, denn der Milow ist im Umgang mit anderen Hunden wesentlich reservierter geworden, vor allem bei großen und dunklen Hunden. Auch seine Träume sind seitdem wieder wesentlich mehr von Angst geprägt, fast so wie in den ersten Wochen bei uns. Aber an diesem Tag durfte ich für meinen kleinen Mann das Grüffelow sein – was ich als große Ehre empfand, denn es war nicht immer so, dass der Milow bei einem Menschen Schutz sucht! Er ist nicht weggelaufen, sondern zu mir gekommen, und das macht mich stolz wie Bolle!

Morgen geht der Milow das erste Mal mit uns ohne Leine in den Wald, denn es wird Zeit, die alten Geschirre abzulegen. Wir sind ein tolles Team geworden – hier in unserer kleinen Wohnung, auf der Wiese und in unserem Moorwald!

Denn es gibt ihn doch, den Grüffelow! ... wenn nicht hier, dann anderswo ...

... ein klitzekleines bisschen in Anspielung an ein tolles und berühmtes Kinderbuch. Ein kleines Lehrstück über Furcht und Tapferkeit und über das Glück der Kleinen, die ganz groß rauskommen, wenn sie durch einen Beschützer stark werden ... mit der Kraft ihrer Phantasie: ‚The Gruffalo', von Julia Donaldson, illustriert von Axel Scheffler, Macmillan Children's Books, London, 1999.

Whisky und Wodka

Lara wusste nicht mehr, wie sie an den Whisky gekommen war. Der war irgendwann einfach da und hat sie lange Zeit nicht mehr verlassen. Er war etwas herbe, unverdorben und so braun, wie ein Whisky wohl sein soll. Lara wusste nicht viel über Whisky, sie trank lieber Bier, und davon jede Menge! Über Bier wusste sie allerdings auch nicht viel. Wo es das meiste für am wenigsten gab, da kannte sie sich aus! Die Dosen vom Aldi waren genau richtig – das war ihr Bier. Whisky war ein toller Name für einen Hund, viel besser als Karlsquell oder ähnliches, hatte sie sich so ausgedacht. Ein brauner Hund mit Mundgeruch kann ruhig so heißen – vor allem, wenn er auch noch aussieht wie eine Flasche.

Whisky war eines Morgens einfach da, wobei damals schon nicht klar war, wer eigentlich zu wem gekommen war. Lara wusste selten, wo sie war und wieso sie da war, wo sie war. Vielleicht war der Hund ja schon vorher da und Lara kam zu ihm – oder umgekehrt. Sie wachten an diesem Morgen gemeinsam auf, zwei in einem Schlafsack, und so sollte es für lange Zeit bleiben – das Fußende der Tüte war Whisky's Platz und Lara sollte niemals wieder kalte Füße haben. Viel wichtiger war aber, dass die beiden nicht mehr alleine waren – das war sehr gut und sollte viel verändern in ihren Leben – sehr viel!

Das Ganze passierte so um 1980 irgendwo zwischen Westberlin, Hamburg und einer kleinen Stadt an der Nordsee. Lara war so gerade volljährig, hatte kein Zuhause und lila Haare. Der Iro sah absolut mistig aus, wie im Blindflug ohne Spiegel selber geschnitten. Jeder sollte sehen, wie beschissen sie die Welt um sich herum fand – und sich selber auch! Das gelang ihr sehr gut und deshalb hatte sie auch keine Freunde. Sie mochte gerne Hunde um sich haben – mit Hunden kam sie gut klar und sie hatte niemals das Gefühl, dass ein Hund es auch nur einmal unehrlich mit ihr meinte! ‚Hunde sind korrekt!', sagte sie oft und wollte damit eigentlich sagen, dass ihr die meisten Menschen zuwider waren!

Es war die Zeit des Punk, der Sex Pistols und Sid Vicious lebte noch. Es war die Zeit der Hausbesetzungen. Bei einer Hausbesetzung mitzumachen, war nicht nur angesagt und politisch korrekt, sondern es war auch praktisch, wenn man keine eigene Wohnung hatte! Keine Verpflichtungen und immer was los – anders kannte Lara das Leben nicht. Die Neue Deutsche Welle hatte schon einen Fuß in der Tür und Lara liebte die Musik einer Kapelle namens Ideal: Deine blauen Augen machen mich so sentimental, wenn ich dich so anschau, wird mir alles andere egal! – ich kann mich sehr gut an ihre Stimme erinnern, wenn sie es mitgrölte, sie selber hat es längst vergessen.

Ich weiß nicht mehr viel von Whisky, außer, dass er immer da war, wo Lara war – oder umgekehrt. Klein, braun, wuschelig und schon etwas älter mit grauem Bärtchen, so habe ich ihn in Erinnerung. Immer für eine Toberei zu haben, total verrückt nach Dosenbier und ständig auf der Suche nach irgendetwas Fressbarem! Whisky war unsterblich und unkaputtbar, einer von denen, die einfach dazugehören und immer da sind – immer! – dachten wir!

Und dann war Wodka da, fast mehr ein Pferd als ein Hund. Whisky hatte zweimal übereinandergestellt unter sie druntergepasst. Sehr praktisch – vor allem, wenn es regnete! Lara sollte eigentlich nur ein paar Tage auf sie aufpassen – nicht zu ihrem Nachteil, meinten die Leute, die Wodka mit ins Haus brachten. Die Jungs kamen nie wieder und das Mädchen wurde eine Berlinerin. Lara nahm es nicht nur einfach so hin, sie freute sich sogar, denn sie mochte Wodka und Wodka mochte Whisky.

Wodka hieß eigentlich gar nicht so, denn Wodka hieß einfach nur Wo und das war die Abkürzung von Wolke. Wo passte sehr gut zu ihr, denn sie war recht umtriebig – mal hier, mal da und mal weg. Lara fand es aber besser, dass Wo die Abkürzung von Wodka ist, denn das passe so klasse zu Whisky und wenn man schon zwei Hunde habe, also, dass müsse schon passen. Die große helle Dogge hieß dann irgendwann auch so, weil es keine mehr gab, die sich an etwas anderes erinnern konnten. Außerdem war Wodka alles andere als eine Wolke.

Wodka kam aus besserem Hause, erzählte Lara oft, und Wodka war eine Argentinische Dogge. Heute sagt mir das mein Hundeatlas, früher hat es keinen wirklich interessiert – Lara schon gar nicht. Wodka war sehr gut erzogen, von irgendwem, und konnte fast alles, was Hunde so können sollten: Sitzen, Platz machen, bei Fuß gehen, Herkommen und auch Abhauen – alles auf Kommando, wenn sie es so wollte!

Whisky und Wodka waren ein Dreamteam. Wodka wurde nicht gerne angefasst oder festgehalten, außer von Whisky – der durfte alles bei ihr! Beide waren unzertrennliche Freunde und Lara war immer mit dabei – immer vorneweg! Lange Jahre ging das so und die Welt bestand fast nur noch aus Dosenbier und Hundespielen. Mein ganzes Leben damals war eine einzige Hundewiese, wird Lara irgendwann einmal sagen. Ein Traum, der zu einem Alptraum wurde, als Whisky starb. Da war nur ein Auto zuviel auf der Straße und ein großer Knall, der auf einen Schlag mehrere Leben zerstörte. Whisky war sofort tot, Wodka wurde krank und Lara wollte sterben – ohne Wodka wäre sie heute nicht mehr am Leben.

Es war ein Sonntag, als sie in der Klinik aufwachte – sie war alleine und es fehlten fast zwei Wochen in ihrem Hirn. Bis zum heutigen Tag ist diese Zeit nicht zurückgekommen. Whiskys Tod hatte sie innerlich zerrissen! Sie hatte immer mehr getrunken, immer öfter die Kontrolle verloren – auch über Wodka. Lara wurde straffällig, brach nachts in Kioske und Tankstellen ein, wurde erwischt, eingesperrt und wieder freigelassen. So auch an diesem einen Abend und der Streit mit dem Tankstellenpächter endete mit einem bösen Schlag auf dem Kopf. Lara lag nun alleine in der Klinik und Wodka war alleine im Tierheim – untergebracht mit gerichtlicher Verfügung! Lara wurde bald entlassen, Wodka musste im Tierheim bleiben.

Wieder auf der Straße hatte Lara einen Plan. Das erste Mal in ihrem Leben hatte sie eine Vorstellung von dem, wie sie die nächsten Tage und Wochen verbringen wollte. Lara hatte einen Plan, denn sie wollte ihre Wodka wieder an ihrer Seite haben. Es war nicht so, dass sie der Welt etwas beweisen wollte – es war so, dass sie etwas verstanden hatte! Sie wollte zurückgeben, was sie so lange genommen hatte: die Liebe eines Tieres. Sie wollte Wodka wiederhaben, denn sie fühlte sich verantwortlich für sie! Lara hatte endlich die Kraft, ihr ganzes Leben auf den Kopf zu stellen und aufzuräumen. Ihre Strafen, die das Gericht ihr in den letzten Jahren aufgebrummt hatte, konnte sie im Tierheim abarbeiten und in den Pausen durfte sie Wodka besuchen. Lara trank nicht mehr und machte eine ambulante Therapie. Sie fand eine Bleibe in einer therapeutischen Wohngemeinschaft. Es war nur ein kleines Zimmer, aber zum ersten Mal im Leben hatte sie ein eigenes Reich, nur für sich alleine. Die Gassigänge mit Wodka zum Feierabend wurden immer länger und als der Tag kam, wo sie Wodka das erste Mal für eine Nacht mit in die WG nehmen durfte, musste sie stundenlang vor Glück weinen.

Der Iro war lange rausgewachsen und die schwarzen Haare standen ihr eigentlich gar nicht schlecht. Bei meinem ersten Besuch in ihrer neuen Bude hatte ich sie kaum wiedererkannt. Sogar neue Klamotten hatte Lara sich zugelegt, so richtig schick – und einen Blaumann für die Arbeit, den sie mir total stolz präsentierte. Wodka musste immer noch im Tierheim schlafen, weil Lara noch keine eigene Wohnung gefunden hatte. Ein mit uns befreundeter Sozialarbeiter verschaffte ihr eine Ausbildungsstelle als Erzieherin in einem Hamburger Kinderheim. Lara zog nach Hamburg, fand eine kleine Wohnung und konnte endlich ihre geliebte Freundin Wodka wieder zu sich holen. Über ein Jahr war vergangen und es waren damals nur zwei Dosen Bier und ein Schokoriegel, die den beiden fast das Leben gekostet hätten.

Heute sitzen wir oft zusammen und lachen über diese Zeiten – und wir denken an Whisky und Wodka, von denen es leider nicht ein einziges Foto gibt! Wodka hat mich sesshaft gemacht und mir ein Zuhause gegeben, wird sie irgendwann einmal sagen. Lara schaffte damals ihre Ausbildung als Erzieherin und arbeitet heute sogar als Sozialarbeiterin, aber sie hat nie vergessen, wo sie hergekommen ist!

Wodka lebt seit fast 25 Jahren nicht mehr und wacht wie ein Schutzengel bis zum heutigen Tag über Laras Leben. Ganz weit oben auf dem Regenbogen, da wo der höchste Punkt ist, da steht sie oft und schaut zu ihr herunter. Einen mahnenden Blick hat sie dann aufgesetzt, den Kopf etwas geneigt und die Stirn kraus in Falten gelegt, so ganz nach Art einer Dogge. Whisky steht unter ihr und unterstützt seine Freundin nach Kräften mit einem mahnenden Bellen. Oft gesellen sich dann noch zwei weitere Hundedamen und einige Katzen dazu, die bis heute Laras Leben bereichert haben. Ganz schön voll geworden da oben, geht mir gerade durch den Kopf, aber Lara würde den Kopf schütteln und sagen:
„Das ist noch längst nicht alles und ich habe noch sehr viel vor! Wenn ich da oben irgendwann selber mal ankomme, werde ich dort wohl eine eigene Hundewiese brauchen."

Lieschen Müller und die Rübe

Alle Kinder im Hof rufen:
Lieschen Müller,
die ist doof!!

Lieschen war anders als die anderen. Sie lief überall gegen, stolperte über ihre kleinen Pfoten, machte ständig Geräusche und rannte alles über den Haufen. Lieschen sei doof, sagten die Kinder, und die Eltern brachten sie ins Tierheim. Sie war keine 8 Wochen alt, ein kleines Katzenmädchen und sie war nicht doof – sie war einfach nur blind!

Es war die Zeit in Hamburg und es war die Zeit der Katzen. Lara hatte ein Zuhause gefunden und es ging ihr gut. Wodka lebte nicht mehr und sie ging regelmäßig in einem kleinen Tierheim vor der großen Stadt aushelfen. Nicht bei den Hunden, das konnte sie nach Wodkas Tod noch nicht, aber bei den Katzen, das ging und machte ihr viel Freude.

Rübe war schon da! Vor ungefähr einem halben Jahr hatte sie ihre kleine Kurzrumpfkatze, wie sie Rübe oft nannte, mitgenommen. Sie war fast so breit wie lang, hatte schräg abgeknickte Ohren und einen Stummelschwanz. Rübe sah aus wie eine Rübe und deshalb hieß sie auch so. Die passt in mein Leben, sagte Lara damals und auch ihre Wohngemeinschaft hatte sich mit dem Familienzuwachs schnell angefreundet. Rübe war selten da, denn sie konnte rein und raus wann immer sie wollte – und Rübe wollte oft raus! Sie hatte ihre eigene Tür durch ein altes Fenster auf dem Dachboden und eine eigene kleine Treppe aus dem Holz einer alten Teekiste. Einmal blieb sie in ihrer Tür sogar stecken und musste danach wochenlang Diät machen, aber das ist eine andere Geschichte!

Und dann kam Lieschen Müller, unsere Lizzi, die wir später nur noch Lizzpisslazuli oder Liesepiese nannten. Sie wurde einfach abgegeben! Am Tor zum Tierheim hieß es, dass sie nicht ganz dicht wäre und die Kinder nicht mit ihr klarkämen, und schon waren diese Menschen wieder weg. Sie hatten noch nicht einmal mitbekommen, dass die Kleine von Geburt an blind war und darüber hinaus mit diesem Handicap wunderbar klar kam. Lara nahm sie am gleichen Tag mit nach Hause und ihre Wohngemeinschaft war begeistert, endlich eine Katze zu haben, die nicht immer weg war. Alle waren erstaunt, wie wenig Schwierigkeiten Lieschen hatte, sich in ihrem neuen Zuhause frei zu bewegen – die schlimmsten Befürchtungen trafen nicht ein! In ihrem kleinen Kopf hatte sie bald die gesamte Wohnung abgespeichert und wusste genau, wo was steht und wie hoch es ist. Es durfte nur nichts wesentlich verändert oder in den Weg gestellt werden, dann rannte sie auch mal dagegen.

Lizzi war nicht doof, sie war ein Wunderwerk der Natur und entwickelte im Laufe der Jahre eine einzigartige Fähigkeit, eine Art Sonar, mit dem sie jederzeit ihre nähere Umgebung quasi scannen konnte. Wurde sie unsicher, fing sie an, im Laufen leise Geräusche zu machen. Es war so eine Art des ‚MähMäh', wie man es von Ziegen kennt und sehr ungewöhnlich für eine Katze, wie wir damals fanden. Zunächst dachten wir, sie würde in ihrer Unsicherheit um Hilfe rufen, aber später verstanden wir, dass sie so am Echo feststellte, ob irgendwelche Hindernisse im Weg waren. Freie Bahn zum Toben, hieß es dann ganz schnell und es gab Tage, an denen uns Besucher fragten, warum Lieschen immer so glasig gucken würde – die Blindheit war ihr im Verhalten kaum mehr anzumerken. Sie hatte ein Handicap und sie wusste sich aus eigener Kraft zu helfen.

Eigentlich hatte sie gar kein Handicap, außer dieser Sache mit dem Katzenklo. Manchmal war der Weg einfach zu weit oder zu langwierig, wenn die Blase drückte, und Lizzi fand überall in der großen Wohnung herrliche Pipiplätzchen. Hinter Vorhängen, unter Regalen und zwischen den Schränken lagen nach einiger Zeit überall alte Handtücher und die gesamte Wohngemeinschaft half mit, diese regelmäßig zu wechseln. Alles eine Frage der Technik, sagte Lara mal, und ihr Erfindungsreichtum in solchen Dingen war wirklich unverwüstlich. Lizzi, unsere kleine Liesepiese, war schließlich ihr kleines Lizzpisslazuli – fast ein Edelstein und das Beste, was ihr je passiert sei!

Jahre vergingen und Lara beendete ihr Studium, welches sie bald nach ihrer Ausbildung zur Erzieherin aufgenommen hatte. Zeit für ein neues Leben und Zeit für eine eigene Wohnung, sagte sie mir damals am Telefon. Ich war damals selber mit meinem Studium fertig und es sollte nicht lange dauern, da waren zwei arbeitslose Sozialarbeiterinnen gemeinsam auf der Suche. Ein kleines Haus in Altwarmbüchen, ein paar Kilometer Nordöstlich von Hannover, sollte es dann sein und für uns beide begann tatsächlich ein neues Leben, Arbeitsstellen inklusive! Lizzi und Rübe waren natürlich mit im Gepäck und während Rübe loszog, die Kater in der Nachbarschaft zu verprügeln, packte Lieschen gemütlich ihre Scanner aus und begann damit, sich häuslich einzurichten.

Eine kleine Terrasse zum Garten hatten wir eingezäunt und Lizzi durfte das erste Mal in ihrem Leben nach draußen. Im Alter von fünf Jahren das erste Mal wärmende Sonnenstrahlen auf dem Fell zu spüren, muss ein gewaltiges Erlebnis sein! Lieschen ließ uns daran teilhaben und war an warmen Tagen kaum noch zu bewegen, ins Haus zu kommen. Unsere Terrasse wurde zu LizzisGarden und es sollte noch lange Jahre so bleiben. Rübe leistete ihr oft Gesellschaft und vor allem die selbstgezimmerte Sandkiste, die eigentlich als Klo gedacht war, hatte es beiden als Liegeplatz angetan.

Es war die Zeit der Katzen und manchmal war Lara nicht mehr zu halten. Mogli, der dreibeinige Kater, den eine Bekannte aus früheren Zeiten nicht mehr haben wollte, zog bei uns ein. Dickmann, der Doppelkater, den wir auch Dickmannowitsch nannten, weil er nicht gerade klein war, folgte bald darauf. Und dann kam noch Minka dazu, eine kleine Schwarzbunte mit eingebautem Turbo, weil sie aus dem Stand auf den hohen Wohnzimmerschrank springen konnte. Und alle liebten den Sandkasten in LizzisGarden, wenn sie denn mal da waren, was sehr selten war. Nur das Lieschen, das war immer da, und es ging ihr gut mit ihren Kollegen – als Chefin vom Ganzen, hatten wir so manches Mal den Eindruck! Lizzi hatte alle und alles im Griff – was im Weg war und nicht umschifft werden konnte wurde weggeräumt und wer mit ihr kollidierte, musste mit Prügel rechnen. Und das war gut so!

In späteren Jahren wurde Lieschen altersbedingt sehr tüdelig. Sie schlief immer mehr, wie viele ältere Tiere das so machen, und wusste nach dem Aufwachen oft nicht mehr, wo genau sie sich befand. Sie wurde immer vergesslicher und war immer weniger in der Lage, sich aufgrund ihres inneren Wohnungsplanes zu orientieren – und auch das Echolot funktionierte mit abnehmender Hörleistung immer schlechter. Lieschen brauchte immer mehr Hilfe im Alltag und aus der einst so stolzen Chefin des Hauses wurde ein kleines Häufchen Elend, das sich nur noch auf dem Schoß ihrer Menschen wirklicher sicher und wohl fühlte. Im Alter von nur 15 Jahren wurde sie vom Tierarzt erlöst und sie gesellte sich zu unseren anderen Freunden auf das Dach des Regenbogens. Ich habe sie niemals vergessen und bis zum heutigen Tage habe ich noch oft das Meckern einer Ziege im Ohr: Es ist mitten in der Nacht und Lizzi streunt durch die Wohnung. Im Schlafzimmer angekommen wird sie auf das Bett springen, sich einen Tunnel unter die Bettdecke bohren und sich zufrieden gurrend zwischen Laras Füßen zusammenrollen.

Erinnerungen sind manchmal wie Bilder! Ich habe niemals wieder ein solch intelligentes Tier getroffen und kennen gelernt. Lieschen Müller war nicht doof!

Doof geboren ist keiner,
doof wird man gemacht!
Und wer behauptet: ‚Doof bleibt doof‘,
der hat nicht nachgedacht![1]

---

[1] Birger Heymann, GRIPS-Theater, Berlin, R.I.P.

Talking dogs on Tour

GassiTalk über die tägliche Schnäppchenjagd, schwule Nasenwärmer, das schlechte Wetter und über die anstehenden Bauarbeiten auf der Hundewiese:

Was hast Du da?
Wo?
Im Gesicht?
Nix!
Zeig mal?
Hau ab! Lass das!
Was ist das?
Ist neu!
Sieht komisch aus.
Wie?
So richtig komisch.
Haha!
Was ist das?
Ist gegen kalte Nasen.
Echt?
Klar!
Aha!
Ist ein Nasenwärmer.
Echt?
Hat *die* gesagt.
So was gibt's?
Siehst Du doch!
Wirklich!
Lass das! Guck da nicht so hin!
Sieht blöd aus!
Gemeinheit!
Hehe!
Rede nicht so viel.
Wie?

Muss gucken.
Was?
Nach Essen.
Kannst Du überhaupt?
Nö
Warum guckst Du denn danach?
Alte Gewohnheit.
Zu Hause gibt's doch was.
Ich weiß.
Und?
Trotzdem gucken.
Obwohl Du nicht kannst.
Halt die Klappe!
Hm?
Da ist was!
Wo?
Da vorne!
Los!
Ne, ist *die* wieder langsam!
Hat *die* nicht gesehen.
Will *die* nicht sehen.
Gleich stolpert *die* wieder.
Guck mal!
Warum bleibt *die* jetzt stehen?
Aus Protest.
Bestimmt!
Jetzt zieht *die* in die andere Richtung.
Essen ist aber da vorne.
Wie?
Jetzt hab ich es!
Wo?
Ist wieder rausgefallen.
Warum?
Kann nicht zubeißen.
Aha!

Blödes Ding!
Aber eine warme Nase hast Du.
Doofe Kuh!
Kommt davon.
Wovon?
Dass Du immer alles haben willst.
Ist doch normal.
Finde ich nicht.
Blödes Ding!
Sieht schick aus!
Ich schnapp Dich gleich!
Versuch's doch, versuch's doch!
Hab Dich gleich!
Ups!
Jetzt zieht *die* wieder!
Ja, immer nach hinten.
Gleich fällt *die* wieder hin.
Bleib mal stehen!
Ok!
Manchmal ist *die* echt lästig.
Jetzt will *die* über die Straße.
Pass auf, dass *die* nicht stolpert!
Ok!
Aufpassen sollst Du!
Tu ich doch!
Jetzt steht *die* wieder!
Seltsam ist *die*.
Finde ich auch.
Kriegst Du überhaupt Luft?
Wie?
Mit dem Ding da in Deinem Gesicht.
Luft ja!
Sieht schick aus, übrigens.
Echt?
Irgendwie schwul.

Ich schwul Dir gleich was!
Pass lieber auf, wo *die* langgeht!
Warum will *die* jetzt da lang?
Keine Ahnung.
Da hinten wohnt Daffi.
Der schläft schon.
Hat der Dich schon so gesehen?
Wie?
Mit dem Ding.
Ne!
Besser ist das auch.
Voll peinlich!
Wie?
Hat aber nicht jeder.
Und wieso haste das jetzt?
Weil ich nix haben darf!
Häh?
Weil *die* mir immer alles wegnimmt.
Aha!
Und ich das nicht will!
Hast geschnappt?
Ja!
Und?
Die hat gequiekt.
Echt?
Ja!
Ist schlecht!
Wieso!
Hast jetzt das Ding!
Ja, so 'n Mist!
Gleich gibt's aber was zu Essen.
Hoffentlich.
Och ne!
Was?
Jetzt will *die* noch da hinten lang.

Heute hat *die* das aber auch!
Mit was?
Mit dem Rumziehen!
Überall will *die* gucken.
Nur nicht die guten Sachen.
Ne, ist *die* langsam.
Jetzt steht *die* wieder.
Die will über die Straße.
Und warum steht *die* dann?
Macht *die* immer.
Merkwürdig.
Ja!
Geht weiter.
Nach Hause?
Ja!
Nicht so schnell!
Häh?
Renn nicht so!
Wie?
Gleich meckert *die* wieder.
Und fällt hin.
Hihi.
Da ist was!
Hast es?
Ja!
Echt?
Fast!
Wie?
Rausgefallen!
Wegen dem ... ?
Nochmal und ich schnapp Dich!
Mach doch, mach doch!
Blöde Kuh!
Immer gerne.
Vorsicht!

Wie?

Die bleibt gleich stehen.

Warum?

Macht *die* immer hier.

Wieso?

Holt immer Zettel aus dem Kasten raus.

Aha!

Und nimmt die mit nach oben.

Da ist was!

Wo?

Da drüben, sieht lecker aus!

Hol's Dir doch, hol's Dir doch!

Will gar nicht.

Wie?

Komm sowieso nicht ran.

Huch?

Und passt nicht rein.

Aha, deshalb also!

Hm!

Gleich gibt's sowieso Essen.

Ja genau!

Gleich kommt unser Haus um die Ecke.

Stimmt!

Dann ist es auch wieder warm.

Wo?

Drinnen!

Bald wird das besser hier.

Echt?

Dann wird's wärmer, auch draußen!

Wo ich herkomme, ist es immer warm.

Ja?

Ist richtig schön da!

Glaub ich.

Bald geht's wieder los.

Was?

Hundeplatz, jeden Tag.
Cool!
Finde ich auch.
Und in den Wald.
Wo die Rehe sind?
Ja!
Und die Kaninchen?
Die auch.
Toll!
Und das Ding?
Ist dann ab!
Wie?
Im Wald sowieso.
Echt?
Auf der Hundewiese auch, nur in der Stadt.
Aha!
Wegen der Mäuse.
Bestimmt!
Und wegen der Bauarbeiten.
Ja?
Da ist *die* ja auch nicht an der Leine.
Stimmt, da nervt *die* nicht so.
Ist auch besser!
Ich weiß!
Sonst müsst ich *die* schnappen.
Wäre nicht gut!
Mach ich da ja auch nicht.
Wirklich nur in der Stadt?
Ja!
Warum?
Weil *die* das Essen immer selber haben will.
Soso.
Grins nicht so!
Ich doch nicht!
Du lachst!

Ich lache Dich an!
Warum?
Hihi.
Magst Du mich?
Manchmal.
Pass auf!
Gleich geht die Tür auf!
Nicht gleich nach oben rennen!
Stimmt!
Erst abwarten, bis *die* alles abgemacht hat.
Besser ist das!
So!
Jetzt?
Ja!
Und los geht's!
Schupps nicht so!
Geh weg da!
Ich bin erster!
Ne ich!
Hau ab!
Wo ist die?
Kommt gleich!
Gleich gibt's Essen, juchu!
Klasse!
Super!
Tolles Frauchen!
Finde ich auch!
Juchu!
Jippi!

Die Ratte

Die kleine Ratte ist alt geworden! Alt, grau und fast ein bisschen unansehnlich. Früher einmal war sie schwarz. So richtig schwarz, wie nur Ratten schwarz sein können. Jedenfalls glaube ich das und ich habe es in der Vergangenheit immer so gesehen. Es ist noch gar nicht so lange her, da fielen mir die ersten grauen Stellen auf. So um die Schnauze und an den Spitzen der Ohren, da konnte man es auf einmal ganz deutlich sehen.

Am schlimmsten hat es den Bauch getroffen! Der arme Bauch der kleinen Ratte wirkt mittlerweile richtig verschwommen, fast schon etwas ausgeleiert! Eine magische Kraft hat ihn im Verlauf der Jahre immer weiter nach unten gezogen und so richtig schwarz ist er auch nicht mehr, eher blass und blau. Der rechte Fuß ist völlig unter dem Bauch verschwunden und seit einer Weile kann die Kleine nur noch auf dem Linken stehen und muss aufpassen, dass sie nicht noch weiter verrutscht.

Überhaupt ist sie dick geworden und etwas aus der Form geraten. Damals, als sie noch jung war, leuchteten ihre Augen wie zwei kleine Lämpchen und strahlten ihre Betrachter schon von Weitem freundlich an. Viele waren neidisch auf die kleine Ratte und wollten auch eine haben. Aber wir haben ihre Herkunft niemals preisgegeben und ihr Geheimnis immer gewahrt. Ich war immer so stolz auf meine schwarze Ratte und ich hätte sie niemals hergegeben – nicht einmal, wenn ich es gekonnt hätte.

Einen schönen dicken rosa Schwanz hatte sie früher. So richtig fleischig sah er aus und manchmal fand ich es richtig schade, nicht selber solch einen zu haben. Heute ist er lang und dünn geworden. Die Spitze, die sich einst so richtig neckisch nach oben bog, zeigt mittlerweile in einem steilen Bogen nach unten. Der Zahn der Zeit hat ganze Arbeit geleistet. Ich mag keine dünnen und langen Schwänze, aber an meiner Kleinen finde ich ihn einfach wunderbar!

Als die kleine Ratte noch jung war, hatte sie viele Bewunderer. Kaum einer, der nicht vor Begeisterung ihr kuscheliges Zuhause mit ihr teilen wollte – wenigstens für ein paar Momente. Sie hatte sich nie versteckt und zeigte sich gerne. Aufmerksamkeit war ihr immer sicher und sie genoss jeden Augenblick davon. Heute hat sie sich zurückgezogen, ohne sich wirklich unwohl dabei zu fühlen. Ich hatte genug Licht in meinem Leben, könnte sie so sagen, und mittlerweile ist es im Schatten doch irgendwie gemütlicher und kuscheliger.

Keiner von uns wird jünger!

Im Sommer dieses Jahres wird die kleine Ratte dreißig Jahre alt und ich frage mich heute das erste Mal, ob eine Tätowierung überhaupt Geburtstag feiern kann. Wir sollten es einfach mal tun. Wir kramen alte Bilder heraus, auf denen die Kleine noch neckisch aus einem tiefen Ausschnitt heraus frechen Betrachtern entgegengrinste. Und wir machen nach langer Zeit wieder ein paar Dosen Bier auf und stoßen auf die Zeiten an, bevor die Schwerkraft uns und einer kleinen Ratte schwer zusetzte. Sie war schon ein richtiger Eyecatcher, die Kleine, die ihre Wohnung heute ein Stockwerk tiefer hat. Wir denken an die alten Zeiten und an das, was wir schon alles so erlebt und hinter uns gelassen haben. Und wir werden wieder feststellen, dass wir zusammengehören und uns niemand trennen kann.

Meine kleine Ratte, so grau und dick und unscheinbar wie sie heute geworden ist, gehört einfach zu mir dazu. Uns beide gibt es nur im Doppelpack und wir werden gemeinsam noch einiges anstellen in dieser Welt – das habe ich ihr versprochen!

Vielleicht bekommen ja auch bald die Delphine Besuch von ihr, die noch ein paar Stockwerke tiefer ihr Unwesen treiben – aber das ist nochmals eine andere Geschichte!

Das Haus am See

Die zweitbeste Zeit meines Lebens waren die Jahre am See. Das war die Zeit an der Seite von fünf Katzen, einer Frau und zwei Hunden. Es ist die Geschichte von Suleika und Tiffany, wie sie zu uns kamen und warum sie mein Leben veränderten. Und es ist die Geschichte von unserem kleinen Haus und von dem See, an dem wir so oft waren.

Die Geschichte, die ich erzählen möchte, geht so:

Unser kleines Haus lag nicht direkt am See und das war auch gut so. Hätte es direkt am See gelegen, wäre ich an diesem einen Tag nicht auf die Idee gekommen, das Fahrrad zu schnappen und mit Leika einfach loszusausen. Es war noch sehr früh am Morgen und die Sonne krabbelte so gerade über den Horizont. Es war das erste Mal und der Anblick des Sees und der großen Wiesen im Morgennebel war einfach überwältigend. Es war morgens um sechs Uhr, niemand außer uns war unterwegs und wir hatten das Gefühl, dass der ganze See uns alleine gehört.

Ich stieg in die Pedalen und sauste mit dem Fahrrad die Strecke von fast vier Kilometern einmal rund um den See herum. Leika lief frei und flitzte mal links und mal rechts vom Fahrrad mit. Sie tobte über die Moorwiesen und preschte an flachen Uferstellen im gestreckten Galopp durch das Wasser. Ich habe diese Bilder noch heute vor Augen! Der See hatte uns gefangen und in den nächsten Jahren fuhren wir diese Strecke jeweils morgens und abends. Wir lernten andere Menschen und Hunde mit dem gleichen Hobby kennen und wenn wir uns auf unserer Tour trafen, dann war es jedes Mal ein kleines Fest. Die Hunde sprangen gemeinsam ins Wasser, schwammen um die Wette den geworfenen Bällen hinterher oder tobten einfach nur kreuz und quer durch die Gegend. Bälle hatten wir immer genug, denn wir kamen auf unserem Weg an Tennisplätzen vorbei und Tennisplätze sind einfach klasse zum Bälle finden.

Wir fuhren bei Wind, Regen und Wetter, im Sommer wie im Winter. Auf einer unserer Touren lernten wir unsere Freundin Tiffany kennen, die von ihren ehemaligen Besitzern ausgebüxt war. Und wir entdecken dort das Ski-Langlaufen für uns, als im Winter 2006 der ganze See und die Moorwiesen zugefroren waren. Als die Tiffi zu uns stieß, musste sie von Anfang an mit. Anfangs noch hauptsächlich im Fahrrad-Anhänger, später dann auf eigenen Füßen. Tiffany war nicht solch eine Flitzebiene wie mein Leika, sie wollte lieber rumtoben und mit mir um die besten Stöckchen kämpfen. Beim Radfahren trödelte sie oft absichtlich und tat so, als wenn sie völlig aus der Puste wäre. Aber ich brauchte nur stehen zu bleiben und einen Ball in die Hand zu nehmen, dann war die Puste schlagartig wieder da. Wir hatten sie schnell durchschaut und deshalb nur noch ein Stückchen lieber gewonnen. Das Flitzen am Rad blieb Leikas große Leidenschaft und die Pausen gehörten Tiffany. Während wir herumtobten und um die tollsten Stöckchen kämpften, ging Leika lieber schnell eine Runde schwimmen oder legte sich irgendwo hin und bewachte ihren Frisbee.

Hinter Frisbees herzusausen war das Einzige, was Leika wohl noch besser fand, als am Rad zu flitzen. Frisbees fand sie toll, weil sie besser zu sehen sind, nicht so schnell fliegen wie Bälle und weil man sie klasse im Flug schnappen kann. Tiffany war mehr der Typ für alles, wo man ordentlich reinbeißen konnte – alte und vermoderte Holzstöcke zu finden und zu zerlegen, das war ihre Spezialität. Weggeworfene Dinge für andere wiederholen zu müssen, das war nicht ihr Ding und das fand sie einfach nur doof!

Tiffany und Suleika leben schon lange nicht mehr, aber sie begleiten als Schutzengel noch heute unsere Wege und Träume.

Damals habe ich mir immer ein kleines Häuschen an unserem See gewünscht. Morgens aufzustehen, aus dem Haus zu kommen und über einen kleinen Steg gleich zum Wasser laufen zu können – das war ein großer Traum von mir. Mittlerweile wohne ich in einem anderen Ort und ich war bestimmt über zehn Jahre nicht mehr an unserem geliebten See. Aber wenn ich die Augen schließe, dann sehe ich meine beiden Lieben dort flitzen und toben, dann sehe ich den Morgennebel und die weiten Wiesen ziehen und es ist wieder keiner da, außer uns. Oft kullern dann die Tränen, denn es waren immer wunderschöne Momente, die in meinen Erinnerungen einen goldenen Bilderrahmen bekommen haben.

Meistens sitze ich dann mit Luna und Milow vor unserer kleinen Hütte, die mein Mann vor einigen Jahren noch gebaut hat. Wir hatten das Glück, ein kleines und verwildertes Stückchen Land mitten im Moorwald ergattern zu können und sogar einen kleinen See haben wir darauf. Eine Pfütze im Vergleich zu unserem alten See, eher ein kleiner Tümpel, aber für uns ist es ein kleines Paradies. Wir fahren von unserer Wohnung so ungefähr eine halbe Stunde mit dem Rad dorthin und vieles auf dem Weg ist mir jedes Mal auf eine unheimliche Art und Weise vertraut. Der Flitzemaus Luna geht es meistens nicht schnell genug und der Trödelbär Milow lauert die ganze Zeit eigentlich nur auf die nächste Spielpause. Fast wie früher, denke ich dann, und manchmal fühle ich mich wie auf einer Zeitreise. Die Vergangenheit holt mich ein und oft fühlt es sich so an, als seien meine beiden Mädels wieder mit dabei. Klein Luna springt wie Leika in den See und schwimmt den Bällen hinterher, während der Halunke sich mit den wirklich wichtigen Dingen des Hundseins beschäftigt, ganz so wie die alte Tiffany. Ich sitze dann vor unserem Haus am See, klappe das Laptop auf und fange an, diese kleine Geschichte aufzuschreiben.

Der Kreis hat sich geschlossen!

Es ist schön, eine Vergangenheit zu haben, in der man immer noch leben kann – und es ist schön, ein Leben zu haben, in dem die Vergangenheit immer noch einen Platz hat.

Luna und der rote Ball

Alle Hunde der Welt sind tolle Hunde, aber die tollsten Hunde der Welt sind natürlich meine Hunde. Welche denn auch sonst? Luna zum Beispiel ist das Beste, was mir je passiert ist! Sie ist der Sonnenschein in meinem Herzen und ich verdanke ihr mein Leben. Unsere Seelen sind zusammengewachsen und ich kann ohne sie nicht mehr sein.

Heute ist ein guter Tag für ein Liebeslied!

Als die Kleine damals zu uns kam, wurde sie von meiner alten Tiffany sofort adoptiert. Tiffi war immer die Nummer Eins. So sehr Nummer Eins, wie es nur ein Hund sein kann, mit dem man schon 12 Jahre zusammenlebt. Luna kam dazu und war die Nummer Zwei, was ganz schön viel ist, weil bei uns Zwei gleich nach Eins kommt. Ich ging mit Tiffi auf Abenteuertour und Luna nahmen wir mit. So war das immer und es war immer toll, die kleine Maus mit dabeizuhaben!

Als Tiffany fast 14 Jahre alt war, ging sie von uns und Klein Luna wurde über Nacht zur Nummer Eins. Der Abschiedsschmerz von Tiffi war sehr groß und sollte unser Leben noch lange Zeit begleiten. Klein Luna war der Engel, der mir half, meine Gedanken von der Vergangenheit zu lösen und wieder nach vorne zu schauen. Sie war so anders als mein altes Mädchen, nicht nur viel kleiner, sondern einfach nur anders. Niemals versuchte sie, in Tiffis Fußstapfen zu treten. Sie wollte lieber eigene hinterlassen und das schaffte sie ausgesprochen gut.

Es dauerte nicht lange und sie fing an, ihre Wünsche deutlich anzumelden. Luna war auch damals schon ein Flitzehund und ich entdeckte das Fahrradfahren mit Hund völlig neu für uns beide. Radfahren mit Luna war schon immer anders, als ich es von meinen Schäferhunden bisher kannte, denn die wollten am liebsten langsam traben. Luna wollte rennen und flitzen. Vollgas in die Pedale und wenn ich schon längst aus dem letzten Loch pfiff, dann wurde die Rennmaus erst richtig warm. Sechs Kilometer am Stück und dann eine halbe Stunde Päuschen zum Toben, Trinken und Mäuse jagen. Auf dem Rückweg wieder flitzen, bis ich völlig aus der Puste war. So war das vom ersten Tag an: Eine Riesengaudi und so ist es bis heute geblieben.

Einzigartig ist der Blick, den sie mir beim Rennen manchmal zuwirft. So ganz von unten schräg nach oben, direkt in die Augen, als wenn sie sagen wollte: Juchu, das macht Spaß mit dir zusammen und jetzt mal richtig Gas geben, los geht's, juchu! Stolz wie Bolle bin ich dann jedes Mal auf meine kleine Maus. Vor allem dann, wenn wir mal wieder andere und größere Hunde ganz locker abgehängt und weit hinter uns zurückgelassen haben.

Steigerungsfähig ist sie nur noch, wenn wir mit ihrem roten Ball spielen. Es muss ein roter sein und er muss schon ein paar Tage älter sein. Mindestens zehn Mal im Graben gelandet und von anderen Hunden richtig schön durchgekaut – stinkend und vollgesabbert, dann ist er erst richtig gut. Ich habe immer einen Vorrat an roten Bällen zu Hause und wenn der alte abhanden gekommen ist, dann dauert es immer eine Weile, bis der neue wieder was taugt.

Lunas roter Ball ist der beste Ball der Welt und sie lässt ihn niemals aus den Augen. Wenn ich ihn werfe, dann flitzt sie so schnell, dass sie ihn im Flug noch überholt. Hat sie ihren Ball wieder, kommt sie damit zurückgeflitzt – aber nicht, um ihn mir zu bringen, sondern, um ihn in irgendeiner Ecke des Platzes erst einmal ordentlich durchzuknautschen. Danach muss ich versuchen, ihr den Ball abzujagen, um ihn dann anschließend gegen ein Leckerli abzutauschen. Danach darf ich dann endlich wieder werfen und Luna darf wieder flitzen. So hat mein Mädchen mir das beigebracht und im Laufe der Jahre bin ich richtig gut geworden damit, meinte Luna neulich. Auf dem Heimweg trägt sie ihren Ball grundsätzlich selber, darauf legt sie allergrößten Wert. Bis in unsere Wohnung schleppt sie ihn mit sich herum und sie bewacht ihn, bis es endlich Abendbrot gibt.

Und dann kamen die Tage, an denen sie mir das Leben rettete. Es ist noch kein Jahr her und ich war nach dem Tod meines Mannes noch nicht wieder richtig im Leben zurück. Ich hatte immer noch oft das Gefühl, dass die Erde sich ohne mich weiterdreht und ich völlig nutzlos übriggeblieben war. Einzig meine kleine Prinzessin war der Grund, warum ich morgens überhaupt noch aus dem Bett krabbelte. Ihre pure Lust am Leben und ihre Liebe zu mir gaben mir jeden Tag immer wieder kleine Lichtblicke. Wenn ich draußen mit Luna unterwegs war, hatte ich das Gefühl, ein Teil dieser Welt zu sein, nur dann – und wir waren oft draußen zu dieser Zeit!

Luna war mein einziger Anker in dieser Welt und sie war mein kleiner Sonnenschein, zu dem ich immer konnte, wenn es mir schlecht ging. Luna war immer da, meistens auf meinem Schoß oder im Schlafzimmer – das ist heute noch ihr Reich. Meist lag sie dort friedlich schlafend, geschafft vom letzten Flitze-Abenteuer und den vielen Leckerli danach. Ein kleiner Kringel von Hund, der bequem in jedem Brotkorb einen Schlafplatz finden würde, mitten in unserem großen und leeren Bett.

Und dann kam der Tag, an dem Luna der Meinung war, dass es an der Zeit wäre, unsere kleine Familie zu vergrößern. Das war der Abend auf der Hundewiese, an dem wir den Milow trafen und es war ein toller Abend, der sehr viel in unserem Leben verändern sollte. Luna hatte einen neuen Kumpel, ich hatte einen zweiten Hund und darüber hinaus hatten wir eine liebe Freundin gefunden. Ein neuer Lebensabschnitt mit vielen weiteren Veränderungen begann und ich hatte über Nacht einfach wieder Bock auf das Leben. Ich fing an, unsere kleinen Geschichten aufzuschreiben und ich mache das bis zum heutigen Tag mit wachsender Begeisterung. Ohne meinen kleinen Sonnenschein wäre das alles gar nicht passiert – ohne sie hätte ich das alles nicht geschafft!

Ich gehe nirgendwo hin, wo Luna nicht auch mit hindarf, und wenn ich es trotzdem tue, dann tut es weh. Bei dem Milow ist das anders, der scheint manchmal sogar recht froh zu sein, wenn ich auch mal weg bin und er seine Ruhe haben kann. Mit Luna ist es fast so, als wenn uns ein Gummiband verbindet, und je weiter ich mich von ihr entferne, desto mehr zieht mich dieses Band zurück. Wenn ich morgens das Haus verlasse, verabschiede ich mich zigmal von ihr und vergewissere mich genauso oft, dass ihr auch ganz bestimmt nichts passieren kann, während ich weg bin. Die Heimkehr ist jedes Mal ein kleines Freudenfest, fast so, als wenn wir uns jahrelang nicht gesehen hätten. Den Milow dagegen muss ich manchmal wecken, damit er überhaupt mitbekommt, dass ich wieder da bin – aber das ist eine andere Geschichte.

Ich kann nachts nicht schlafen, wenn Luna sich nicht unter der Bettdecke an mich ankuschelt und dabei die seltsamsten Grunzgeräusche produziert. Jedenfalls glaube ich das, denn bisher ist das nicht vorgekommen, dass sie nicht da war. Der Milow ist da anders, so wie Kerle halt oft sind. Der Hakunke schläft am liebsten am Fußende, bewacht uns und die Futtertonne und will in erster Linie seine Ruhe haben. Luna steht mit auf, wenn ich nachts aufs Klo muss und morgens brauche ich ihren Schlafgeruch, sonst werde ich gar nicht richtig wach. Sie hat einen guten Schlafgeruch, vor allem an den Füßen und ich liebe das. Milow riecht morgens immer, als wenn er heimlich ein Deo benutzt. Das ist auch ganz toll, aber nicht so toll wie Lunas Füße.

Auf unseren Abenteuerreisen kann ich den Rest der Welt vergessen. Wenn wir unterwegs sind und den Milow mitnehmen, ist nichts mehr wichtig, außer dem, was wir gerade tun: flitzen, toben und alles andere, was Hunde gerne und mit Hingabe tun. Ich Glückspilz darf dann dabei sein, an der Seite meiner beiden Hunde. Welcher Mensch läuft schon bei Schietwetter stundenlang quer über irgendwelche Äcker, außer man hat Hunde dabei. Nur dann machen solche Dinge Spaß und nur dann kommt man überhaupt auf solche Ideen! Dem Milow haben wir es zu verdanken, dass wir mittlerweile jede Mäusewohnung in der Gegend hier kennen und ich weiß durch ihn ganz genau, an wie vielen Laternenpfählen wir auf dem Weg zur Hundewiese vorbeikommen.

Laternenpfähle sind meiner Prinzessin egal, außer wenn Milow drangepullert hat, dann sind die toll. Luna schiebt sich dann rückwärts mit dem Hintern an dem Pfahl nach oben, um es ihm dann möglichst weit oben gleichzutun. Warum habe ich das eigentlich noch nie geknippst?

Mein kleines Mädchen wiegt keine sieben Kilo und sie ist auf unserem Hundeplatz mit Abstand die zweitkleinste, aber sie hat eine riesengroße Seele, die in keine Waagschale passt. Von dem kleinen Häufchen Elend, das damals zu uns kam, ist überhaupt nichts mehr zu spüren. Luna ist ein wunderbarer Kumpel, meine beste Freundin und der tollste Hund der Welt! Es vergeht kein Tag, an dem ich nicht den Hut ziehe vor dem, was sie in ihrem Leben alles schon gemeistert hat. Sie ist das Beste, was mir je passiert ist!

Roter Ball zu verschenken!

Roter Ball zu verschenken. Frauchen, den Halunken und die ganze Flitzewiese könnt Ihr auch gleich mitnehmen! Könnt Ihr alles geschenkt haben, denn die gehen mir auf dem Keks. Wer mir einen Ball auf dem Kopf wirft, ist doof und wird es auch immer bleiben. Auf jeden Fall will ich den Ball loswerden und wenn Ihr ihm wollt, dann meldet Euch beim Frauchen.
Die doofe Kuh bekommt wohl doch noch eine kleine Chance, denn immerhin hat *die* neue und leichtere Bälle besorgt. Die sind zwar nicht rot, sondern apfelsinenfarbig, aber werfen kann man die auch. Und einer quietscht auch ganz toll – noch! Meldet Euch, denn der blöde rote Ball muss auf jeden Fall weg! Milow kriegt auch noch eine Chance, aber wirklich nur eine. Wehe, der rennt mich nochmal über den Haufen, dann ist endgültig aus. Ball auf den Kopf kriegen und dann noch umgeschuppst werden, das war sogar für mich zu viel. Blöde Welt!

Die weiß genau, wie schnell ich bin, und dann wirft sie den roten Ball in einem so hohen Bogen, dass ich drunter durchflitze und ihn fast überhole. Auf einmal ist dieser blöde Ball genau über mir und saust mir von oben mit vollem Karacho auf den Kopf. So was Blödes! Und dann noch dieser doofe Milow, der mich auch noch mit voller Absicht umrempelt, weil er zu doof zum Bremsen ist. Was kann ich denn dafür, dass der so langsam ist und immer hinter mir rennt.

Angeblich wäre ich ja selber schuld, weil ich andere Bälle immer so schnell kaputtmache. Nur deshalb hatte Frauchen den roten Vollgummiball besorgt – auf dem konnte ich richtig lange rumkauen, ohne dass auch nur ein Teil abging. Und gut geflogen ist er auch, das muss ich schon zugeben – weil er so schwer war! Naja, jetzt habe ich wieder so weiche Babybälle mit Quietsche drin und Frauchen muss öfter los, um neue ranzukriegen. Selber schuld! Mit Quietsche macht's ja auch doppelt Spaß, die Dinger kaputtzumachen – oder?

Den doofen roten Ball könnt Ihr auf jeden Fall geschenkt bekommen und wehe, *die* nimmt den auf der Flitzewiese noch einmal in die Hand. Gefährlich ist das und ich kann allen nur raten, sich in Deckung zu bringen, wenn *die* mit einem roten Ball dort ankommt. *Die* meint ja immer, dass *sie* so toll werfen könne – aber in Wirklichkeit weiß *die* vorher wohl nie, wo der Ball dann in echt langfliegt. Es ist schon sicherer für alle, wenn die jetzt leichtere Bälle hat. Hauptsache, die landen nicht alle wieder im Graben, aber das ist ein anderes Thema. Muss *die* halt immer wieder los und in unserem Lieblingsladen neue besorgen. Selber Schuld, kann ich nur immer wieder sagen – selber schuld, wenn man so doof ist!

So, und nun kommt noch der Hammer, denn *die* beichtet uns gerade, dass *sie* von den roten Bällen auch noch zwei auf Vorrat gebunkert hat. Das ist ein Ding, denn da hätte ich ja wenigstens einen kaputtmachen können, finde ich! Nun denn, ändern kann ich es nicht mehr und die blöden Dinger müssen weg, bevor hier noch mehr Unglücke passieren. Wer von Euch einen der berühmten roten Bälle haben möchte, meldet sich bei uns per Email und dann kommen wir schon irgendwie zusammen. Wäre doch gelacht, wenn das nicht klappen würde.

Liebe Grüße
von
Luna mit Severine und Milow

74

Nach dem Tod

‚Nichts ist ewig, außer die Liebe!'
– Gandhi –

Das mit dem Tod und dem Sterben ist so eine Sache. Keiner möchte sich wirklich damit beschäftigen und wir alle leben so, als wenn wir noch ein paar Leben auf Vorrat im Keller hätten. Ich bin da überhaupt nicht anders, aber seitdem ich alleine lebe, beschäftigt mich die Frage: Was passiert mit meinen Hunden, wenn mir etwas zustößt und ich nicht mehr nach Hause kommen kann? Luna und Milow sind dann alleine in der Wohnung und keiner weiß das! Vielleicht liege ich nach einem Unfall schwer verletzt und bewusstlos in einem Krankenhaus. Angehörige sind vielleicht nicht zu erreichen oder leben in fernen Ländern, wie es bei mir der Fall ist. Wer kümmert sich um die, für die ich Verantwortung trage und um die, die von mir abhängig sind?

Es gab da einmal ein Filmszenario auf einem britischen Fernsehsender über die Frage, was passiert, wenn auf einen Schlag alle Menschen von der Erde verschwinden würden. Eine der ersten Folgen wäre, dass alle vom Menschen eingesperrten Tiere verhungern oder verdursten, soweit sie sich nicht selber befreien können. Neben Zoo- und Nutztieren trifft es Hund, Katze, Maus und Co., die in einer verschlossenen Wohnung auf die Heimkehr ihrer Menschen warten. Meines Wissens kann ein Hund ganze drei Tage auf Wasser verzichten, ohne größeren Schaden zu nehmen – aber nach fünf Tagen ist er tot. Katzen halten es etwas länger aus!

Als vor mehr als zwei Jahren mein Mann starb, wollte auch ich nicht mehr leben. Ich wollte mich nicht selber töten, aber ich hatte jeden Tag das Gefühl, dass mein Ende auf dieser Welt auch nahe war. Das war damals ein sehr angenehmes und beruhigendes Gefühl für mich, weil es bedeutete, dass ich meinen lieben Mann bald wiedersehen würde. Für mich war die Welt stehen geblieben, der Erdball drehte sich unter meinen Füßen weg und das Einzige, was mich noch mit der Welt verband, waren Luna und Rocky. Meine Liebe und meine Verantwortung für die beiden hielten mich fest in diesem Leben und ließen es nicht zu, dass ich sie nun auch noch alleine lasse.

Ich suchte nach Möglichkeiten, für meine Hunde auch dann noch sorgen zu können, wenn ich es selber gar nicht mehr kann. Ich hatte über zehn Jahre an der Seite eines sehr kranken Menschen gelebt und wusste, wie schwer es für andere wird, wenn man sich selber nicht mehr mitteilen kann. Ich wollte dem zuvorkommen und Vorsorge treffen. Ich wollte einen Notfallplan, der im Bedarfsfall auch ohne mich funktioniert – unabhängig von den beteiligten Menschen. Ich wollte ein System, das auch ohne mich funktioniert und das nicht nur auf Gefälligkeiten aufbaut. Ich wollte absolute Zuverlässigkeit und die ließ sich nur über finanzielle Vorteile für alle Beteiligten erreichen!

Noch zu Christians Lebzeiten hatte ich eine Lebensversicherung abgeschlossen, die meinen Mann in die Lage versetzen sollte, sich um die Hunde zu kümmern und sich jede erdenkliche Hilfe leisten zu können. Christian war sehr krank und konnte es selber nicht mehr. Mit dem hiesigen Waldtierheim schlossen wir einen Vorsorgevertrag, der für den äußersten Notfall vorsah, dass Luna und Rocky dort jederzeit aufgenommen werden konnten.

Nach dem Tod meines Mannes funktionierte dies alles nicht mehr, weil niemand mehr da war. Wer sollte nun informiert werden, falls ich verunglücke und wer sollte nun meinen Hunden helfen? Durch Zufall stieß ich auf einen noch recht neuen Haustier-Notruf, dem wir bis heute die Treue halten.

Dort sind in einer großen Datenbank alle aktuellen Daten zu den Tieren hinterlegt, von Krankheiten und Medikamenten über Eigenarten und Gewohnheiten bis hin zu der Frage, wie man in die Wohnung kommt und wer eventuell noch Ansprechpartner ist. In meiner Brieftasche trage ich einen kleinen Ausweis mit allen Zugangsdaten und an allen Schlüsselbunden entsprechende Anhänger. Rettungskräfte und die Polizei gucken zuerst immer dort. Der Notruf ist rund um die Uhr über einen Freecall erreichbar.

Die damals abgeschlossene Lebensversicherung besteht noch heute und begünstigt ist jetzt der Trägerverein des Waldtierheimes. Dieses wurde in den damals abgeschlossenen Vorsorgevertrag aufgenommen und der Versicherungsschein wird dort im Original aufbewahrt. Luna und Milow haben zusätzlich jeweils Paten aus meinem Freundeskreis, deren Daten ebenfalls beim Haustier-Notruf hinterlegt sind. Diese werden im Notfall zeitgleich mit dem Tierheim informiert, um für einen reibungslosen Ablauf zu sorgen – auch dafür, dass diese tatsächlich im Waldtierheim ankommen und nicht irgendwo anders! Gleichzeitig sollen Paten und Tierheim sich gegenseitig etwas `auf die Finger´ schauen.

Luna und Milow ist das nun alles wieder so ziemlich gleich, was ich hier schreibe – die wollen im Moment einfach nur raus, weil grad die Sonne scheint. Ich hingegen kann nun wieder ruhig schlafen und habe das Gefühl, auch wirklich alles für meine Lieben getan zu haben. Mich plagen keine schweren Krankheiten und ich werde wohl auch so schnell nicht eines natürlichen Todes sterben, denn Unkraut vergeht nicht. Ich lebe auch nicht besonders isoliert und zurückgezogen. Über Freunde und Hundebekanntschaften kann ich mich in diesem Leben nicht beklagen. Und trotzdem verschafft mir erst der Hintergrund von 50.000 Euro die Gewissheit, dass mein Plan ohne weiteres Zutun auch wirklich klappt.

Peanuts' Wiese

„Aktuelle Meldung: Die Bauarbeiten am Australientunnel-Projekt auf Peanuts' Wiese wurden wegen diverser Wassereinbrüche und unerträglichem Schietwetter vorübergehend eingestellt. Plan B, sich von verschiedenen Stellen gleichzeitig vorzuarbeiten, ist ebenfalls gescheitert. Das Wetter mit dem ganzen Wasser ist momentan überall. Mitte nächster Woche werden die Bauarbeiten voraussichtlich wieder aufgenommen. Zum nächsten Wochenende ist der Durchbruch zum Erdmittelpunkt geplant, dort wird es auf jeden Fall wärmer sein. Alle Termine sind derzeit abgesagt. Bitte aktuelle Aushänge beachten!!"

gez. Milow, der Halunke (Chef vom Dienst)

+++

Peanuts ist ein Hund. Sie ist ein Mädchen und sie mag Hirsche. Deshalb ist sie auch ein Deerhound, was für die Hirsche nicht so gut ist und Peanuts überhaupt nicht stört. Sie hat deshalb ihren eigenen Hundeplatz mit einem hohen Zaun drum herum. Das sind fast 4.000 Quadratmeter nur für sie, wo sie nach Lust und Laune frei toben und herumflitzen kann. Peanuts, die Hirsche und wir alle finden das richtig toll, denn wir dürfen mit unseren Hunden auch auf diesen Platz.

Peanuts hat einen Freund, der Leon heißt und der ein Kumpel vom Milow ist. Luna mag Peanuts nicht, weil die immer alle anderen über den Haufen rennt. Die kleine Prinzessin findet sowas total doof und versteckt sich dann lieber unter unserer kleinen Sitzbank. Milow findet Peanuts toll, weil man die toll verprügeln und über die Wiese scheuchen kann. Die ist zwar schneller, kann aber in Gegensatz zu Milow nicht im Zickzack rennen. Der Halunke kann sowas, weil in Labradengos Kaninchen mit drin sind – ganz bestimmt.

Früher – und das ist bestimmt schon fast 10 Jahre her – da hatte die Peanuts eine Schwester, mit der sie zusammen wohnte und die ihre beste Freundin war. Die hieß Liza, war auch ein Deerhound und mochte Hirsche fast noch lieber als ihre Schwester. Liza lebt nicht mehr und deshalb haben Peanuts und ihre Freunde jetzt eine eigene Flitzewiese.

Peanuts und Liza waren gemeinsam unterwegs, um Essen zu besorgen. Ihr Herrchen war auch mit. Er war aber weit zurückgeblieben, denn auf zwei Beinen kann man nicht so toll durch den Wald flitzen. Dann war da das Reh und die beiden Mädels hielten Hirschbraten für eine gute Idee, weil Rehe ja eigentlich kleine Hirsche sind. Das Bambi flüchtete mit Vollgas und beide Hirschfänger im gestreckten Galopp hinterher. Die wilde Jagd wurde auch durch den kreuzenden Bahndamm und den heranrasenden Zug nicht gebremst. Das Reh und Peanuts schafften es noch, Liza nicht. Der ICE zerteilte das Mädchen in zwei Teile, sie war sofort tot! Lizas vordere Hälfte lag neben den Gleisen und wurde im Garten ihres Herrchens würdevoll beerdigt. Die andere Hälfte wurde auch nach tagelanger Suche nicht gefunden.

Eine traurige und grausame Geschichte, die aber auch eine gute Seite hat. Heute haben wir unsere eigene kleine Flitzewiese mit einem Zaun ganz drum herum. Sie liegt in einem spitzen Winkel zwischen zwei Feldern, einem Bach und dem blöden Bahndamm. Dem Bauer war es sowieso immer zu schwer, mit seinen großen Geräten auf diesem Eckchen zu rangieren, und er ließ es einfach verwildern. Die Idee einer eigenen Hundewiese war geboren und der Bauer war schnell überzeugt. Eigentlich war er sogar froh darüber – nicht, weil wir jetzt mit unseren Hunden hierherkommen, sondern, weil dort jetzt regelmäßig gemäht wird. Peanuts hatte jetzt ihre eigene Wiese und die ist bis heute ungefähr 4.000 Quadratmeter groß und hat außer dem Zaun auch noch zwei Tore.

Fast zehn Jahre ist das jetzt her und viele Hunde von hier sind auf Peanuts Wiese aufgewachsen und groß geworden. Jedes Jahr, wenn das Wetter wieder schöner und wärmer wird, kommen hier viele Hunde aus nah und fern mit ihren Menschen her. Im Winter, wenn es kalt ist, dann sind wir weniger, was uns aber auch nicht so stört. Wir nennen uns dann den ‚harten Kern‘, duzen uns mittlerweile alle und fühlen uns jedes Mal wie die einzig wahren Hundehalter. Im Sommer trumpfen wir dann mit der Frage auf, wo die anderen die letzten Monate waren, und es tut uns immer wieder richtig gut. Nur die harten Zwerge werden halt Gartenzwerge!

Klein Luna ist auf Peanuts' Wiese aufgewachsen und hat erst hier gelernt, wie Hunde miteinander reden und so. Das konnte sie vorher gar nicht und ich konnte es ihr nicht zeigen, weil ich kein Hund bin. Den Milow haben wir hier sogar das erste Mal getroffen und kennengelernt. Das war schon ein toller Zufall, wie wir eines Abends im letzten Sommer hierherkamen und Luna sofort anfing, mit dem Milow zu spielen. So etwas hatte mein Frollein zuvor noch nie gemacht und auch ich fing nach einiger Zeit Feuer für diesen Hund. Ich wollte sowieso wieder eine Nummer Zwei an meiner Seite und ich suchte guckte schon länger nach einer `passenden´ Hündin. Ich wollte keinen Rüden – bis zu diesem Moment, da wollte ich einen Rüden! Auch auf Peanuts' Wiese fallen die Hunde scheinbar aus dem Himmel, was ich toll finde.

Wenn es irgendwie geht, kommen wir jeden Abend hierher. Wir sind eine klasse Gemeinschaft und sogar die Hunde verstehen sich untereinander – meistens jedenfalls. Doofe Menschen werden hier schnell aussortiert und wieder weggeschickt. Doofe Hunde kriegen in der Regel jede Menge weiterer Chancen, außer ihre Menschen sind auch doof – das ist dann Pechsache! Sogar einen eigenen Verein wollten wir hier gründen, weil die Leute mit den kleineren Hunden meinten, vor den Leuten mit den größeren Hunden beschützt werden zu müssen. Der sollte `Fußhupe Vorwerk e.V.´ heißen und war eigentlich nur eine bierseelige Laune, geboren auf einem Grillfest direkt auf der Wiese mit Hunden, Menschen und vielem mehr.

Wir haben hier jedes Jahr richtig viel zu tun! Das ist so, weil es viele Menschen gibt, die Freude daran haben, unsere Wiese kaputtzumachen. Früher standen hier ein gemauerter Grill und einige Parkbänke zum Sitzen – jetzt nicht mehr! Jedes Jahr müssen etliche Zaunpfosten neu gesetzt werden und besonders gerne werden die Tore eingetreten. Alleine in den letzten Wochen haben wir über einhundert Meter Zaun erneuern müssen. Das ist sehr teuer und kostet nebenbei viel Kraft und Arbeit, vor allem bei diesem Schietwetter. Im Sommer muss die Wiese regelmäßig gemäht werden. Löcher, die die Hunde gebuddelt haben, müssen wieder zugemacht werden. Müll und Hundeköddel müssen eingesammelt werden – nicht nur, weil diese beim Mähen einfach unangenehm sind! Wir haben eigentlich keine Regeln auf Peanuts' Wiese, außer Müll einsammeln und nicht buddeln – für die meisten Menschen scheint es immer noch zu kompliziert zu sein. Das ist schade! Meistens repariert Peanuts' Herrchen, der ein wunderbar geduldiger Mensch ist, alles alleine. Einige wenige von uns helfen ihm regelmäßig dabei – die meisten haben dann immer was anderes vor, gucken weg und kommen lieber ein anderes Mal wieder. Peanuts Herrchen stört das nicht.

Peanuts' Wiese ist der Grund, warum Luna, Milow und ich immer noch in diesem Dorf leben. Wir bekommen hier gerne Besuch und geben auch immer wieder mit unserer tollen Flitzewiese an. Viele Menschen und Hunde haben wir hier getroffen und noch viel mehr über Menschen und Hunde gelernt. Lizas traurige Geschichte wird uns immer begleiten und ebenso das Glück etlicher Hunde, die hier aufwachsen durften. Peanuts Wiese ist das wunderbare Erbe eines Hundes, den wir selber niemals kennen durften und nur aus Geschichten kennen. Die Freundschaft mit Menschen wie Peanuts' Herrchen und auch ihrem Frauchen macht mich unendlich stolz. Wir haben unseren Platz im Leben gefunden und gehen hier niemals wieder weg – finden Luna und Milow auch!

Der Kopf ist rund

Was für ein toller Tag! Erst bin ich am Vormittag mit Klein Luna bis in die Stadt, zum Futtergeschäft und zum Buchladen, geflitzt – und natürlich wieder zurück. Dann kurz ein Häppchen gegessen, den Halunken geschnappt, Fahrrad geschnappt und zum Üben losgezischt. Schnell mal gemeinsam ins Nachbardorf geradelt, wo meine Freundin Almut wohnt und wo ich schon länger nicht war. Heute haben wir tatsächlich die Strecke von etwa vier Kilometern nur geradeaus an einem Stück geschafft. Ich bin total begeistert, wie toll der das mittlerweile schon kann! Klar hatten wir am Anfang und unterwegs einige Puller- und Schnuffelpausen, aber die gehören ja auch dazu und die größte Strecke sind wir auch wirklich gefahren – in echt! Ich bin superstolz auf meinen kleinen Mann! Wenn das Wetter wieder mitspielt, ist morgen dann wohl der große Tag, an dem ich mit Luna und Milow zum ersten Mal gemeinsam Radfahren werde. Ich freue mich riesig und es ist mal wieder unglaublich, was der Halunke im letzten Jahr alles so geleistet und gelernt hat! Noch nicht einmal das hupende Auto, das eine Weile hinter uns herfuhr, hatte ihn sonderlich beeindruckt. Die Postbotin, die wir unterwegs überholten, bekam auch ganz große Augen und wäre mit dem Fahrrad fast im Graben gelandet. Ich freue mich riesig auf morgen! Das wird ein großer Tag für uns alle – ganz bestimmt!

Milow: Ne, was war das wieder für eine Schinderei! Vor allem diese schlechte Laune und ewig die Quakerei über das Wetter. Wir hätten doch viel besser drinnen bleiben können und uns einen tollen Tag in der Küche machen, oder? Aber nein, *die* muss ja unbedingt die Sachen machen, auf die kein normaler Hund wirklich Lust hat. Ich hatte heute wirklich die Faxen dicke und bin einfach nur mitgelaufen. Erstaunlich, was für eine gute Laune *die* auf einmal hatte! Besonders nervig fand ich ihre ganzen blöden Quietschlaute. Außerdem frage ich mich, was *die* an diesem stumpfsinnigen Geradeausrennen immer so fein und klasse findet – manchmal ist *die* wirklich etwas seltsam im Kopf. Naja, heute habe ich es einfach schnell und ohne weitere Kommentare hinter mich gebracht. Ich hatte einfach keine Lust heute und mein Plan hat ja auch prima geklappt. So schnell waren wir noch nie wieder zuhause und einen extra Sportlerteller mit Fleisch gab es dann ja auch. Ich komme hier jeden Tag etwas besser klar und so richtig schlecht ist das ja nun auch alles nicht. Es macht doch schon Spaß, ein toller Hund zu sein – vor allem, weil *die* sich dann immer so richtig freut! Da steckt man dann auch gerne mal zurück und lässt Frauchen einfach Frauchen sein – *die* braucht das doch irgendwie!

Luna: An morgen mag ich gar nicht denken. Wisst Ihr, was ich heute gehört habe? Ihr werdet es nicht glauben: Morgen soll der Blödmann mit uns zusammen Radfahren. Wie soll das denn gehen? Wo soll der denn hin? Die rechte Seite ist meine und ich bin doch nicht so blöd und lass mich von diesem Trampeltier platt treten. Auf die andere Seite kann der auch nicht, weil *die* sonst den Lenker nicht festhalten kann – *die* ist ja nun auch nicht mehr die Jüngste. Angeblich könne der sich ja jetzt besser benehmen als im letzten Jahr – angeblich! Das war schon voll peinlich damals. Nirgends konnte man sich mehr sehen lassen – wenn wir überhaupt mal irgendwo angekommen sind. Meistens ging es dann ja wieder sofort wieder nach Hause zurück und ich war diejenige, die in die Röhre gucken durfte. Dabei war heute so ein toller Tag mit *der* zusammen. Wir sind wieder richtig klasse geflitzt und waren in den tollen Geschäften, die so klasse riechen. Auf dem Rückweg waren wir sogar noch schwimmen – ist ja alles überschwemmt hier – und wo sonst unsere Wiese ist, da ist jetzt ein Teich. Das war richtig toll! Morgen wird bestimmt nicht so ein toller Tag, da gucke ich jetzt richtig gegen an. Naja, andererseits immer zuhause bleiben müssen, wenn *die* mit den Blödi üben geht, ist auch doof. Vor allem gibt der hinterher immer an wie eine Tüte Mücken und ich weiß nie, ob das so auch stimmt. Ich glaube, ich lasse es einfach auf mich zukommen und vielleicht hat er sich ja wirklich gebessert. Mal sehen, Hauptsache, der kann auch ordentlich flitzen!

Postbotin: Das ist ja wirklich beneidenswert, wie toll dieser Hund am Fahrrad mitlaufen kann. Wenn meine Kleine das doch auch nur könnte! Aber diese Frau hat ja auch immer solch ein Glück mit ihren Hunden. Vor allem die kleine Hündin ist ja eine richtig begeisterte Flitzerin. Meine würde niemals so brav immer geradeaus laufen, die würde immer total rumzappeln und mich umwerfen – ganz bestimmt. *Die* sucht sich die Hunde sicher schon immer so aus, dass die dann auch am Fahrrad so schön mitlaufen können. Das mit dem Rennen und Fahrradfahren liegt den Hunden in den Genen, meine ich jedenfalls. Meine ist dafür auch viel zu bequem und diese Rasse lässt es sich viel lieber zuhause gut gehen. Faulenzen, fressen, schlafen und sowas alles liegt der in den Genen. Da hat diese Frau einfach andere Hunde, das ist ein ganz anderer Schlag! Ich werde sie demnächst einfach fragen, welche Rasse der große gelbe Hund ist – ich glaube, wir holen wir uns beim nächsten Mal dann auch so einen.

Almut: Respekt, wie die da heute Mittag zusammen angeradelt kamen. Der Milow hing zwar schon ziemlich in den Seilen und verspätet waren sie auch. Aber schon toll, wie dieser Hund sich rausgemacht hat. Überhaupt kein Vergleich mehr mit dem letzten Jahr, wo der völlig unkonzentriert nur am Herumspringen war. Einmal hatte es sie sogar rückwärts vom Fahrrad geholt, weil der Halunke bei voller Fahrt einfach stehen blieb und den Rückwärtsgang einlegte. Tja, die haben halt immer fleißig geübt und jetzt könnte sie sich auch bald ihren Traum erfüllen, mit Luna und Milow gemeinsam zu radeln. Davon hatte sie doch schon früher immer geträumt: ein zweiter Hund an Lunas Seite, der genauso flitzewütig ist wie die Kleine. Der Milow hatte es dann leider von Anfang an nicht so drauf. Erstens war er immer viel zu zappelig – das wäre mit Luna, dem kleinen Sensibelchen, überhaupt nicht gegangen. Zweitens war da die Sache mit seinem kaputten Rücken, denn der Milow durfte anfangs nur ganz langsam traben, damit sich die Rückenmuskeln langsam aufbauen und kräftigen. Das wäre fürs Frollein überhaupt nichts gewesen, denn langsam geht bei der eigentlich gar nichts. Schon toll, wie der sich rausgemacht hat und er kann sogar schon längere Strecken rennen, völlig ohne Schmerzen und mit richtig Spaß an der Sache. Es wird Zeit, dass sie sich mal wieder ein Herz nimmt und versucht, ob es mittlerweile mit Luna und Milow zusammen geht. Ich werde es nachher mal ansprechen. Jetzt wird aber erst eine Pause gemacht, im Garten getobt und Kuchen gegessen.

Frau P.: Heute habe ich wieder Frau Martens mit diesem großen gelben Hund gesehen. Die kann es nicht lassen, die armen Tiere gegen ihren Willen durch die Gegend zu hetzen. Dem Hund ging es eindeutig nicht gut: Der hatte die ganze Zeit angelegte Ohren und war andauernd am Hecheln. Außerdem hat der sich nicht gefreut und gewedelt, als ich mit meinem Auto hupend und winkend an denen vorbeigefahren bin. Die macht auch nie Pausen und lässt den Hund nicht spielen. Das habe ich schon öfter beobachtet, vor allem, wenn die mit dem Fahrrad unterwegs sind. Mit ihrer kleinen Hündin ist diese Dame noch viel schlimmer, denn die muss immer angeleint vor dem Fahrrad rennen – welcher Hund will das schon? Sicher hat die Kleine nur fürchterliche Angst, vom Fahrrad überfahren zu werden, und ist die ganze Zeit auf der Flucht. In der Wasserflasche war bestimmt wieder nur Schnaps, denn das hat sie mir mal gebeichtet. Ich hatte die im letzten Sommer vor dem Supermarkt in der Stadt erwischt, wie sie dem Hund etwas in die Schale füllte. Ich fragte, ob das auch Wasser sein und sie sagte nur: Nö, Schnaps! Sowas muss man wohl glauben und darf es auf gar keinen Fall hinnehmen. Dieser Tierschinderin gehört umgehend das Handwerk gelegt. Morgen rufe ich im Tierheim an. Oder auch nicht – denn, ähja, ich arbeite dort doch – stimmt ja!

Geschehen und während der Regenzeit aufgeschrieben in einer Kleinstadt im südlichen Niedersachsen am 01.06.2013.

Der lila Ball

Der rote Ball ist jetzt lila, hat viel Luft innen drin und eine Quietsche außen dran. Rote Bälle sind für Luna out, egal welche Farbe sie haben. Die sind gefährlich! Das hat sie beschlossen, und damit basta! Quietschen und alle anderen, die in Hörweite sind, zu nerven, macht auch viel mehr Spaß und tut auf gar keinen Fall weh, jedenfalls ihr nicht. Lila Bälle sind manchmal auch apfelsinenfarbig und verschieden groß – je nach dem, was in Lunas Lieblingsgeschäft gerade verfügbar ist. Wir brauchen immer ganz schön viele und manchmal glaube ich, dass die Leute diese Bälle extra für uns in Mengen bevorraten.

Im Geschäft saust sie immer sofort zur Ecke mit den Spielsachen und wenn dann gerade andere Leute vor dem Regal die Quietschesachen ausprobieren (der Mensch muss ja alles testen und einmal angefasst haben), dann ist die Kleine kaum noch zu bremsen. Milow findet das alles saudoof und hat dafür nicht das geringste Verständnis. Er lungert lieber in der Futterecke rum oder macht den Kassenbereich unsicher – in der Hoffnung, dort ein paar Leckerli abstauben zu können. Im unserem Lieblingsgeschäft dürfen die beiden immer frei laufen, denn wir kennen die Besitzer schon sehr lange und auch deren beide Hunde, die dort auch immer so rumrennen. Luna und Milow finden das toll und selten kommen wir ohne neue Mampfsachen und Bälle nach Hause zurück.

Lila Bälle fliegen zwar nicht so gut und so weit wie der alte rote Ball und manche andere Menschen und Hunde lachen drüber – aber wir finden leichte Bälle mit viel Luft drin mittlerweile einfach besser. Wenigstens machen die noch lustige Geräusche, wenn man die mit voller Absicht aus Versehen abgeworfen bekommt. Außerdem kann man sich klasse an denen rächen und sie fast vollständig zerlegen. Das alles ging mit dem blöden roten Ball aus Vollgummi gerade nicht.

Die Haltbarkeit eines lila Balles liegt so bei ungefähr drei Tagen. Als erstes wird mit chirurgischem Talent die Quietsche herausoperiert und dann wird als nächstes das entstandene Loch vergrößert. Dieses ist eigentlich die beste Lebensphase des Balles, denn jetzt macht er beim Fliegen Geräusche wie ein Boomerang und das Hinterherjagen macht Luna besonders Spaß. Auch beim Landen klingt er richtig lustig und man weiß immer sofort, wo er ist. Auch im hohen Gras. In der abschließenden Sequenz wird er dann in lauter Kleinteile von ungefähr einem Quadratzentimeter zerlegt. Ist dieses vollbracht, steht Luna mit einer großen Frage in den Augen vor mir: Der geht nicht mehr, haste noch einen?

Besonders toll sind die lila Bälle in allen Farben auch beim Baden, denn die können fast noch besser schwimmen als mein kleines Mädchen. Fast besser, weil die immer langsam voll Wasser laufen. Vor allem, wenn die Qietsche schon raus ist, ist das so und Luna muss sich immer ganz schön beeilen, um sie noch zu erwischen. Bisher hat das aber immer geklappt, oder eher meistens! Manchmal saufen die auch ab und Luna kommt ziemlich bedeppert zurück. Frauchen mach mal, heißt es dann, und ich kann zusehen, ihren Ball aus den Fluten zu retten und wieder an Land zu kriegen. Aber was nimmt man als bestes Frauchen der Welt nicht alles auf sich, oder wie seht ihr das?

Wenn wir abends zur Hundewiese flitzen, muss der lila Ball auf jeden Fall mit. Dort angekommen, sitzt Luna solange vor meinem Rucksack, bis ich ihn rausrücke. Je nach Zustand und Lebensphase des Balles wird dann erst fleißig geworfen und geflitzt oder ihm wird gleich der Garaus gemacht. Gegen andere Hunde verteidigt sie ihren lila Ball mit aller Vehemenz und bisher hat es sich tatsächlich noch kein anderer Hund ge-traut, ihr diesen wegzunehmen. Unter Umständen mutiert die Kleine dann zu einem riesigen und imponierenden Lunigator, mit dem sich nicht einmal der größte Hund anlegen möchte. Manchmal und ganz selten passiert es, dass andere schneller sind als sie und den Ball vor ihr erreichen. Dann bekläfft und mobbt sie die armen Balldiebe so lange, bis sie den Ball mehr oder weniger freiwillig wieder rausgeben. Sie wird dabei niemals böse, sie nervt einfach nur ohne Ende – bei ihrem lila Ball versteht sie keinen Spaß.

Luna und das Krokofant

Das Krokofant ist ein anderes Wort für das Grüffelow und beides sind eigentlich nur andere Namen von Milow. Jedenfalls sagt Luna das und alle drei sind heute ganz genau ein ganzes Jahr bei uns. Genauso wie die ganzen anderen – zum Beispiel der Bollebär, der Halunke, das Miluffel und sowieso. Heute ist Milows Glückspilztag! Und heute feiern wir seinen Geburtstag, weil man den bei ehemaligen Straßenhunden nicht so genau kennt. Eigentlich seien Glückspilztage sogar tausendmal besser als Geburtstage, meint der Milow, und heute gibt's Wurtstorte mit einer riesigen dicken Wurst statt einer Kerze. Luna und Milow finden Glückspilztage toll und alle tollsten Hunde der Welt sollten einen haben, finden wir. Vor allem die Wurtstorten sind nicht zu verachten, weil die jedes Jahr besser werden – jedenfalls die Anzahl der Würste.

Morgen vor einem Jahr, so ziemlich genau um 19.00 Uhr, passierte es: Luna und ich wollten eigentlich nur noch kurz auf die Hundewiese und ich suchte schon länger nach einer neuen Lebensgefährtin für uns beide. Eine kleine Hündin sollte es werden – klein und schwarz und mit glattem Fell. Wir trafen den Milow und seitdem teilen wir unser Leben mit einem mittelgroßen, gelben und strubbeligen Rüden. Soviel zum Thema Schicksal und Lebensplanung. Der Halunke war einfach da, klaute unser Herz und hat es bis heute nicht wieder hergegeben. Tollste Hunde der Welt haben keine Größe und keine Farbe. Sie sind irgendwann einfach da, saugen sich an Herz und Seele fest und es ist völlig wurscht, wie sie aussehen oder sonstwas!

An diesem Abend hatte sich unser Leben verändert! Ein neuer Hund in unserem Leben hieß auch, wieder nach vorne zu schauen und Lust auf einen nächsten Tag mit neuen Abenteuern zu haben. Der Halunke war wie eine frische Brise in unserem Alltag und in unseren Seelen. Auch Klein Luna war von ihm sofort begeistert. Sie spielten, flitzten und tobten über die Wiese – es war einfach nur wunderschön anzusehen – sonst überhaupt nicht Lunas Art. Die Kleine hatte so etwas in ihrer Vergangenheit niemals gelernt, meistens stand sie immer nur auf dem Platz herum, während die anderen Hunde spielten. Mit dem Milow war das vollkommen anders, der riss sie mit seiner unverfälschten und direkten Art einfach mit. Ihr blieb irgendwie gar nichts anderes übrig, als einfach mitzumachen – einfach toll!

Noch am gleichen Abend war der Milow bei uns zu Besuch und nach einer kurzen Wohnungsinspektion machte er es sich auf dem Sofa bequem – er schlief fast ein, so wohl fühlte er sich. Luna sprach das letzte Wort und der Traum von der kleinen schwarzen Hündin mit dem glatten Fell platzte endgültig. Am nächsten Tag zog der gelbe Fusselbär bei uns ein und wir haben es bis heute nicht bereut. Wir sind wieder vollständig und endlich haben beide Hände wieder zu tun, wenn ich abends auf dem Sofa sitze und noch etwas im Fernsehen schaue. Zwei Hunde zu haben ist einfach klasse!

Es war eigentlich auch kein frischer Wind, den der Milow in unser Leben brachte, es war schon ein kleiner Orkan. Klar, jeder Hund ist anders, aber dieser war schon ganz besonders anders. Das lag an seiner Vergangenheit als Straßenhund und den ganzen Erfahrungen, die er dort machen musste. Aber es lag auch ein ganzes Stück daran, dass diese Podengos einfach andere Hunde sind, sehr ungewöhnliche und eigensinnige Hunde – einfach tolle Hunde. Da konnte noch nicht einmal Klein Luna mithalten und das sollte schon etwas bedeuten, denn die ist schon ein rechter Dickkopf – aber nichts gegen den Milow.

Irgendwann musste ich anfangen, unsere ganzen Erlebnisse und die vielen neuen Erfahrungen aufzuschreiben und so entstand dieses Blog, die Fabelschmiede. Mittlerweile lesen hier jeden Tag über einhundert Menschen unsere kleinen Geschichten und nehmen an unserem Leben teil. Ohne den Halunken wäre das alles nicht so gekommen – jedenfalls sehr wahrscheinlich nicht! Wir haben im letzten Jahr viele neue und nette Hundemenschen kennengelernt – im Internet durch das Blog und unsere Bücher, aber auch im richtigen Leben auf unserer kleinen Hundewiese. Der Milow ist einfach ein kleines Wunder im Kontakte machen und Hundefreundschaften schließen. Luna und ich profitieren oft davon. Und wie gesagt: Manchmal fallen auch nette Menschen für mich dabei ab!

Wir freuen uns auf die nächsten so ungefähr und mindestens 20 Jahre an Milows Seite. Morgen kommt sein bester Kumpel Lordic für ein paar Tage zu Besuch und es wird wohl eine kleine Schlacht um die besten Stücke der Torte geben – ganz nach Straßenhund-Manier. Wir sind bestens vorbereitet und können den morgigen Tag kaum abwarten, sogar Klein Luna hat schon irgendwas gerochen und hibbelt die ganze Zeit um uns herum.

Es war ein tolles Jahr und hoffentlich folgen noch viele andere mindestens genauso tolle Jahre nach. Eigentlich müssten wir morgen den Glückspilztag feiern und nicht der Milow – aber ich mag keine Würste!

Der kleine Lord

Milow findet den Lordic einfach klasse und, wenn man beide so beim Toben und Kloppen auf der Hundewiese beobachtet, dann scheint es wohl auch auf Gegenseitigkeit zu beruhen. Luna ist da eher etwas skeptisch, denn der kleine Lord steht ihr zuviel im Wege rum und liegt scheinbar immer an genau den Stellen, an denen meine kleine Prinzessin auch liegen möchte. Aber eigentlich gehört ihr ja die gesamte Wohnung und damit auch alle Stellen, an denen man liegen könnte. Lordic ist das egal und wenn Luna schmollt oder grollt, dann sieht er es ja nicht. Luna ist das unheimlich – aber dem Halunken ist es völlig egal. Hauptsache der Lordic kann rennen und man kann sich mit ihm kreuz und quer über die Wiesen rumschuppsen!

Lordic wurde in Russland geboren und sein Name bedeutet tatsächlich soviel wie „Kleiner Lord". Er ist von Geburt an blind und man muss fünfmal hingucken, es zu bemerken. Ich konnte es bei unserer ersten Begegnung kaum glauben und den meisten Menschen, denen wir bisher begegneten, geht es damit nicht anders.

Er ist nicht nur ein kleiner Lord, er ist vor allem ein ganz großer Mann. Niemals würde er sich selber als behindert, gehandicaped oder ähnliches bezeichnen, jedenfalls glaube ich das. Seine Welt hat einfach nur ein paar Hindernisse mehr, als die Welt der Sehenden. Oft erinnert er mich an unser altes Lieschen Müller. Die Bravour, mit der er immer wieder neue Situationen meistert, begeistert mich stets aufs Neue und manchmal stellt er damit sogar noch Lizzi in den Schatten. Na klar hat er alle vertrauten Umgebungen, genau wie unsere alte blinde Katze, eingescannt und als Lageplan gespeichert. Aber als Hund bewegt er sich viel öfter in neuen und unbekannten Gegenden oder Räumen – vor allem ist es wunderbar, mit welchem Gleichmut er immer wieder Pannen wegsteckt.

Diese Pannen gehören einfach zu seinem Leben. Zum Erkunden einer neuen Umgebung gehört es für ihn eben auch, ab und an gegen einen Baum zu semmeln oder einen kleinen Abgrund, wie zum Beispiel eine Treppenstufe, runterzupurzeln. Er kennt es nicht anders und wie anders sollte er es auch tun. Toll ist einfach, dass er der Welt nichts übel nimmt. Er steht wieder auf, dreht sich um, merkt sich alles und geht zukünftig einfach woanders lang oder ist etwas vorsichtiger. Jeder andere Hund wäre tagelang beleidigt und eingeschnappt, nicht der kleine Lord. In einer anderen Sprache bedeutet Lordic ganz bestimmt auch soviel wie „kleiner Held" oder „total tapferes Kerlchen" – da sind wir alle uns ganz sicher und hier ist er es allemal.

Lordic macht jeden Fehler nur einmal und jeder neue Baum, jede neue Wand und Treppenstufe werden sofort in den Lageplan eingebaut. Sogar nach Wochen erinnert er sich noch genau. Alles, was er sich nicht merken kann, gleicht er mit seinem Gehör aus. Es ist manchmal kaum zu glauben, aber dieser Hund ist in der Lage räumlich zu hören, wenn die Gegebenheiten stimmen und zusammenpassen. Vor einigen Tagen liefen wir mit Luna und Milow querfeldein durch einen kleinen Wald. Für meine beiden eine beliebte und bekannte Abkürzung auf dem Heimweg, für den Lordic ein Experiment und Wagnis, wie ich dachte. Aber es ging ein leichter Wind und der Lordic konnte jeden Baum einzeln hören und alle Hindernisse bequem umschiffen. Er ist nicht gegen einen einzigen Baum oder Busch angestoßen und zweimal hob er sogar das Bein an einem Baumstumpf, den er vorher weder ertastet noch anderweitig erfühlt oder beschnuppert hatte. Er wusste einfach, dass genau an dieser Stelle ein Baum steht – toll!

Unser Hundeplatz ist zu einem Fünftel von einem kleinen Eichenhain mit viel Unterholz bedeckt – und darunter wird nie gemäht. Unsere Hunde mögen es, beim Toben immer wieder zwischen diesen Bäumen zu flitzen – an einem Ende rein und am anderen Ende wieder raus. Oft ist das ein kleines und lustiges Verwirrspiel, weil keiner weiß, wo der andere wieder rausgeflitzt kommt. Nicht so der Lordic! Der bleibt immer zwei Meter vor dem Wäldchen wie angewurzelt stehen, peilt die Bewegungsgeräusche seiner Spielgefährten und rennt an genau die Stelle, wo die anderen wieder aus dem Unterholz rauskommen – sehr zum Erstaunen aller anderen. Mit dem Ballwerfen und apportieren hält er es ähnlich. Er wartet immer, bis der Ball landet, und in Sekundenbruchteilen weiß er genau, wo er hinmuss. Oft ist er sogar schneller und fixer beim Ball als meine renn- und ballsüchtige Luna, die schon immer losflitzt, bevor ich überhaupt geworfen habe.

Loddeck, wie sein Name eigentlich ausgesprochen wird, ist ein Teil unseres kleinen Rudels geworden, obwohl er gar nicht bei uns wohnt. Er hat ein eigenes tolles Zuhause und ist bei uns einfach oft zu Besuch. Loddi ist Milows bester Kumpel und manchmal auch sein Lehrer. Viele Situationen, in denen mein Halunke Angst hat und unsicher wird, existieren für den Lordic einfach nicht. Er macht eben einfach drauflos und steht im Falle eines Falles wieder auf. Wenn ihm etwas zu doof war, lässt er es sein und macht etwas anders oder geht woanders hin. Konflikten geht er aus dem Weg. Er lässt die anderen Macker, Chef oder Bezirksbefruchter sein und macht einfach sein eigenes Ding. Wir alle können viel von ihm lernen, finde ich!

Es gibt keine Behinderungen, es gibt nur Hindernisse, könnte er jetzt wohl sagen. Alleine unsere Möglichkeiten, die zu überwinden, sind oft sehr verschieden. Fantasie und Querdenken sind oft die besseren Alternativen zum Mainstream und führen auch oft schneller ans Ziel. Der Lordic ist den meisten von uns dabei ein ganzes Stück voraus. Hut ab!

Zeit ist ein Riese

Du stehst morgens auf, putzt Dir die Zähne, schlürfst Deinen Becher Kaffee, drehst Dich einmal um Deine eigene Achse und – schwupps! – ist schon wieder ein Tag vorbei. Du hast heute einen guten Job gemacht, wie man neudeutsch so schön sagt, und Du bist hoffentlich zufrieden mit dem, was alles so war. Du sitzt abends mit der Zahnbürste im Mund auf der Bettkante und überlegst schon, wie es morgen wohl sein wird. Morgen ist auch noch ein Tag, denkst Du vielleicht so, und Du nimmst Dir mal wieder vor, am nächsten Tag etwas wirklich Wichtiges oder Bewegendes zu unternehmen. In sechs Tagen ist eine ganze Woche vergangen und bald wieder ein ganzes Jahr. Das Leben ist ständig und unaufhaltsam im Fluss und die Zeit ist ein Riese.

Heute war wieder so ein elendig heißer Tag. Den ganzen langen Winter freut man sich auf den Frühling und den Sommer und heute sitze ich hier, mit den Füßen in Lunas Bademuschel. Bei dieser Hitze habe ich keinen Bock auf gar nichts und vor allem dem Milow geht es nicht viel anders. Südeuropäische Hunde sollten die Hitze ja eigentlich besser abkönnen, aber denkste, Puppe. Luna ist da schon härter im Nehmen, die muss ich regelrecht immer aus der Sonne in den Schatten scheuchen. Wir freuen uns mittlerweile auf den Herbst und ich hoffe, dass er in diesem Jahr auch stattfindet. Morgen ist auch noch ein Tag, denke ich, und dann soll es ja bald endlich etwas kühler werden. Ich nehme mir für morgen viel vor und schreibe lauter kleine Zettel, die ich an den Computer oder sonstwohin hefte. Bloß nichts vergessen und mal sehen, wie ich das morgen Abend auf der Bettkante so sehe – mit meiner Zahnbürste im Mund.

Klein Luna ist grau geworden in den letzten zwei Jahren. Das macht mir Angst! Vor zwei Jahren, das war so ungefähr vor ein paar Tagen. Mir fiel es völlig unvermittelt auf, als wenn die grauen Haare genau in diesem Moment gewachsen wären. Schlagartig ging das und völlig unverständlich für mich! Wieso hatte meine kleine Prinzessin auf einmal graue Augenbrauen und diesen kleinen hellen Schatten um die Schnauze herum? Oh nein, das konnte nicht Grau sein – bestimmt setzte sich einfach nur das Weiß in ihrer Färbung mehr durch, ganz bestimmt war das so!

Auf einmal sind so viele Fragen da: Hat sie ein schönes Leben an meiner Seite? Bin ich immer für sie da und bekomme ich auch wirklich alles mit? Werde ich irgendwann bereuen, nicht genug für sie da gewesen zu sein oder nicht genug mir ihr unternommen zu haben? Habe ich manchmal zu viele andere Dinge im Kopf? Die Kleine wird einfach älter, jeden Tag ein Stückchen mehr und ich kann es nicht ändern. Die Zeit ist eine Einbahnstraße und jeder Moment ist einmalig. – Zeit ist unwiederbringlich. Luna wird bald sieben Jahre alt. Das ist kein Alter für einen Hund, aber alleine die Vorstellung, dass sie irgendwann nicht mehr an meiner Seite sein wird, bringt mich fast um! Luna wird bestimmt 20 Jahre alt und wenn das soweit ist, dann bin ich 66 und hoffe, dann immer noch mit meinem Löffel durch die Gegend zu laufen. Luna ist ein Teil von mir, in meiner Seele festgewachsen. Aber die Zeit ist ein Riese und der hat seine eigenen Pläne!

Ich möchte jeden Moment mit ihr genießen und eigentlich möchte ich gar nichts anderes tun, als mit ihr gemeinsam zu sein. Aber in Wirklichkeit habe ich immer viel zu viele andere Dinge im Kopf und wenn ich dann mal wieder hinschaue, ist schon wieder ein ganzer Schwung Zeit vergangen – einfach so, vollautomatisch. Für heute habe ich wieder beste Vorsätze – mal sehen, wie sich das morgen auf der Bettkante anfühlt!

Der Milow ist jetzt schon über ein Jahr bei uns und ich erinnere mich an unsere erste Begegnung, als wäre es gestern gewesen. Der Halunke ist eigentlich gar kein Halunke mehr, sondern ein wunderbar feiner Kerl und Kumpel geworden. Er hat viel in unserem Leben verändert, aber das ist gar nichts im Vergleich zu dem, was sich in seinem Leben verändert hat. Seit einigen Tagen können wir sogar zu dritt mit dem Fahrrad fahren und wir legen dabei schon richtig lange Strecken zurück. Das ist toll und davon habe ich fast ein Jahr lang nur träumen können. Es tut immer wieder gut, in der Zeit zurückzuschauen und alle seine Fortschritte in dieser menschengemachten Welt nicht allzu selbstverständlich zu nehmen. Unvergessen sind meine Sturzflüge vom Fahrrad, weil der Milow aus dem vollen Lauf plötzlich stehen blieb, weil der Laternenpfahl so verführerisch roch oder auf der Straße anscheinend etwas Fressbares lag.

Luna und Milow sind ein richtig tolles Team geworden und wir alle drei eine richtig tolle kleine Familie. Milow ist jetzt unser Großer und er ist unser Beschützer und großer Bruder, besonders wenn Klein Luna sich wieder in heikle Situationen gekläfft hat. Das macht sie seit eh und je gerne, denn sie ist etwas größenwahnsinnig – eigentlich ist sie ein großer Rottweiler, der sich nur als kleiner Terrier-Mix getarnt hat. Der Milow ist immer sofort zur Stelle und klärt souverän, indem er sich oft einfach nur quer dazwischenstellt – einfach toll! Der Milow lässt sich nicht die Butter von der Stulle nehmen.

Die Fabelschmiede wird in einigen Wochen ein Jahr alt! Ungefähr 20.000 Besucher haben dann über 30.000 Geschichten gelesen. Das macht pro Tag fast 100 Aufrufe und das ist spitze. Niemals habe ich mir das vorstellen können, als ich im September anfing, unsere kleinen Geschichten in Internet zu veröffentlichen. Eigentlich wollte ich ja nur mein Leben und das meines verstorbenen Mannes aufschreiben und verarbeiten. Aber da sich bei mir anscheinend alles um den Hund dreht oder zumindest immer wieder darauf zurückkommt, ist die Fabelschmiede zu einem Hunde-Blog geworden – und das ist auch gut so, finden wir! Mal sehen, wohin uns unser Weg noch führt, und welche neuen Erfahrungen und Erlebnisse das Schreiben für uns noch mit sich bringen.

Altwerden ist nichts für Feiglinge und die Zeit ist ein Riese! Ich muss zum Ende kommen und mein Zähne putzen. Danke Euch allen für Eure Treue und Euer Interesse an unseren Geschichten aus unserer kleinen zehnbeinigen Welt. Gute Nacht, schlaft gut und träumt was Schönes!

Impressum:

Manuela Kinzel Verlag
73037 Göppingen * 06844 Dessau

Tel. 07165 / 929 399

info@Manuela-Kinzel-Verlag.de
www.Manuela-Kinzel-Verlag.de

2. Auflage 2013
©Alle Rechte vorbehalten.
Manuela Kinzel Verlag.

ISBN 978-3-95544-005-3